한국 에어로빅스의 선구자
이영숙 교수

영원한 불꽃
세계로
날다

|이영숙 자서전|

코고
미디어

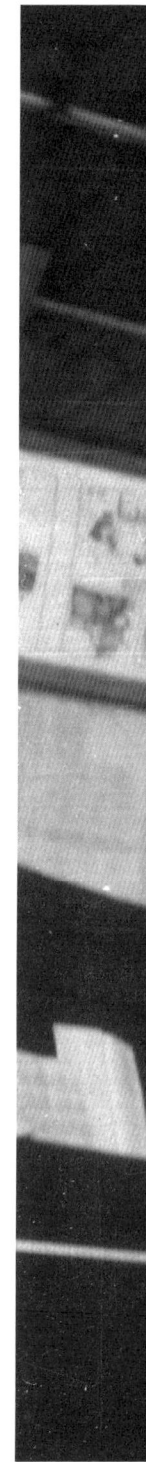

초판 발행 2012년 5월 20일

지은이 | 이영숙
펴낸이 | 안창현
기획 진행 | 표수재
디자인 편집 | 장민서
북디자인 | Micky Ahn 장민서

펴낸곳 | 코드미디어
등록 2001년 3월 7일   등록번호 제 25100-2001-5호
주소 | 서울시 은평구 갈현1동 419-19 1층
전화 02-6326-1402   팩스 02-388-1302
전자우편 | codmedia@codmedia.com
홈페이지 | http://www.codmedia.com

ISBN 978-89-94178-42-4 03810

정가 12,000원

이 책의 판권은 지은이와 코드미디어에 있습니다.
잘못 만들어진 책은 교환해드립니다.

한국 에어로빅스의 선구자
이영숙 교수

영원한 불꽃
세계로
날다

세월이 어떻게 흘렀는지도 느끼지 못할
만큼 나는 숨 가쁘게 오늘까지 달려왔다.

산수傘壽를 넘은 지금, 무엇을 더 바란다면
그것은 욕심일 게다. 이제 휴식을 취하면서
내 삶의 흔적을 정리하고 싶다. 남은 여생은
아름답고 보람 있는 추억으로 채우고 싶다.

2012년은 결혼한 지 50주년이 되는 해다.
동시에 아버지 탄생 103주년, 어머니 탄생
100주년이 되는 해이기도 하다. 이런 뜻
깊은 해에 내 일생을 기록으로 남겨두려
한다. 여기에 아버지, 어머니의 삶의 철학이
담겨있고, 17세에 월남하여 전쟁의 참화
속에서 맏이로서 남이 경험하지 못한
역경의 체험이 살아 있다. 그리고 소중한
만남과 인연들로 이루어진 내 삶의 과정을
여기에 기록하려 한다.

나는 부모님이 내게 태어날 때부터 건강을
주신 것에 감사드린다. 또한 발랄하고
활발하게 기氣를 세워 키워주신 덕에 긴
세월 역경을 이겨낼 수 있었다. 이북에서
자유를 찾아 월남하여 6·25사변 중의

굶주림과 고달픔 속에서도 인내와 투지로 쓰러지지 않고 운運 좋게 살아남을 수 있었다. 때로는 죽음과 삶의 갈림길에서, 때로는 불행과 성공의 길목에서 나는 용기와 지혜로 고난을 이겨낼 수 있었다.

피난 생활에서 검정고시를 통해 초등학교 교사와 중학교 체육무용교사가 되고 서른 살이 되어 대학교를 졸업하여 고등학교 체육교사 자격을 취득하는 등 힘든 과정의 연속이었다. 하지만 10년 넘게 보낸 초 · 중 · 고등학교 교직생활은 청소년 체육 교육의 진리를 터득할 수 있는 기간이기도 했다. 초등학교의 어린이 리듬놀이, 중학교의 율동시간, 고등학교의 창작표현운동 등 음악과 함께 마음과 정신을 아름답게 가꾸어나가는 보람된 과정이었다.

1962년 대구 전국체육대회에서 독창적인 아이디어로 구성한 '재건의 바퀴'를 입체적으로 돌리는 마스게임은 나를 배상명 박사와 연결해주는 고리 역할을 했다. 1965년 상명여자사범대학 설립과 함께 나는 배상명 박사의 불굴의 의지와 개척정신을 본받아 상명을 널리 알리는데 힘썼다. 나는 그분에 대한 인연을 항상 소중하게 생각하며 가슴에 품고 있다.

불모지나 다름없던 한국여성체육교육을 오랫동안 몸 바쳐 일하면서 지금의 모습에 이르기까지 상명대학교와 함께 헌신하였다. 특히 에어로빅스운동을 통한 지도자 양성교육, 프로그램 개발 및 보급 그리고 국제교류활동까지 열정과 정성을 다 바쳤다고 자부하고 싶다. 이런 삶을 살아가는 나를 보며 어떤 이는 나를 불도저라고 생각했을 지도 모르겠다. 하지만 그 어려움을 함께 극복하고 지금까지 함께한 많은 분들이 있었기에 지금의 나도 있는 것이다. 힘든 역경에서도 묵묵히 따라준 제자들과 동참해준 여러 대학교수들 그리고 주위에서 물심양면으로 지원과 격려를 아끼지 않으신 많은 분들께 진심으로 감사드린다. 그분들이 계셨기에 오늘의 기록이 더 빛나고 보람 있는 결실을 맺은 것이라 믿는다.

2012년 5월
이영숙

30년 외길 인생을 말하다

김종량 | 국제대학스포츠위원회 집행위원

한 길을 걷는 사람은 뒷모습이 아름답다. 더구나 커다란 성취의 선물을 남겨놓은 사람은 더 말해 무엇 하랴. 어둠을 밝혀 새 빛을 만들고 새 길을 열어놓은 인간승리는 그 뒤를 따르는 후계자들의 박수갈채를 받아 마땅하다.

나는 우리나라 에어로빅스운동의 대모 이영숙 교수를 놀라운 인간승리의 한 표본이라고 말하고 싶다. 소녀시절 38선을 넘어 월남하여 빈손으로 피난 황무지에서 피땀을 흘려 자신만의 꿈을 이루고 오늘에 이른 그 고난의 역정이 드라마틱하기도 하거니와 미국에서 창시한 에어로빅댄스를 도입하여 우리의 민속과 태권도 품새를 융합시켜 더 훌륭한 우리 것을 창출했다는 사실을 주목할 필요가 있다. 오늘에 이르러 팝과 가요, 무예와 무용에서 한류韓流바람이 유럽과 미국의 문화 본토를 뒤흔들고 있지만 에어로빅스라는 건강표현리듬 운동을 통해 또 다른 한류를 세계에 떨치고 있는 그 집념에 박수를 보내며 고개가 수그러진다.

우리는 그의 생활철학을 배워야 하다.

'꿈을 가졌으면 바로 실천하라'
'무엇이든 집중하지 않으면 결실을 바라지 말라'
'우리의 경쟁력은 오직 열정이다'

지도력의 성패는 창의력에 달려있다는 증거를 이영숙 교수로부터 배운다. 내가 20년 전, 대회장을 맡았던 에어로빅스축제는 한 해도 똑같지 않았다. 그 속에는 후학들에 대한 무서운 메시지가 담겨있다.

'끊임없이 도전하라'

이영숙 교수는 30년 넘도록 에어로빅스라는 한 우물을 팠고 그 밑바닥에서 현대인의 생명수를 길어 올렸다. 그는 또한 대학교수로서 입지전적인 성취를 이룬 대표적인 롤 모델이기도 하다.

스포츠 문화의 열정, 학문인 모두의 사표

장충식 | 단국대학교 학원장

영원한 현역, 이영숙 교수가 회고록을 준비한다는 이야길 전해 들었다. 주민등록상 나와 동갑내기이긴 하지만 어느 모로 보나 60대로 밖에 보이지 않는데 벌써 회고록이라니, 그 내용이 실로 궁금하다.

이영숙 교수는 지난 해 단국대 학생극장에서 열린 한·중·일 국제대학에어로빅스축제에서 에어로빅스로 황홀한 광경을 관람자들에게 선사했다. 내가 대학에 다닐 때에는 이렇게 아름다운 춤은 볼 수도 없었거니와 배워주는 이도 없어 에어로빅스축제 덕분에 그저 내 눈이 호강한다며 좋아했던 기억이 있다.

미국에서 만들어진 에어로빅댄스를 우리나라에 들여온 것에 그치지 않고, 우리의 것으로 재탄생시켜 다시 세계에 알리고 있는 이영숙 교수에 감동을 받아 우리 대학에도 에어로빅스 팀을 만들었다.

이영숙 교수는 체육문화 발전에 대한 꿈을 펼치며 부단한 노력과 도전을 거듭하여 오늘의 성취를 이루었다. 특히 보다 활기찬 세상을 만들며 젊은이들에게 활력을 심어주는데 혼신의 노력을 다해왔다. 그 분의 학구열은 좀처럼 식지 않았다. 대학원 석·박사 과정에서 보다 수준 높은 교육과 그 실천 방향을 찾기 위해서 오랜 연구를 통해 많은 에어로빅스 프로그램을 개발했다. 국내의 열악한 환경에도 불구하고 상명대학을 비롯하여 여러 대학에서 많은 지도자를 키워냈다는 점을 높이 평가하고 싶다.

매사 철두철미한 희생정신과 책임감을 가지고 교육일선에서 삶의 모범을 보여준 이영숙 교수야말로 정말 우리들 체육인들만의 사표가 아니라 학문인 모두의 존경을 받아 마땅하다고 생각한다.

평생을 대학에서 살고 있는 나는 대학이 학문의 전당에 그치지 않고 문화의 중심으로 자리 잡기를 소망한다. 건전한 정신은 건전한 신체에서 나온다는 동서고금의 진리가 말해주듯, 우리 젊은이들이 좀 더 건강하고 굳세졌으면 하는 바람이다.

미국과 일본은 물론 유럽의 여러 선진국은 대학문화의 중심에 스포츠가 있다. 스포츠게임을 통해 협동정신과 준법정신을 키우는 것은 물론이요, 정서순화와 극기의 힘을 함양하는 다목적 효과가 있음을 깨닫게 된다.

이 교수가 쉬지 않고 계속 정진할 수 있기를 기대해 본다.

contents

contents

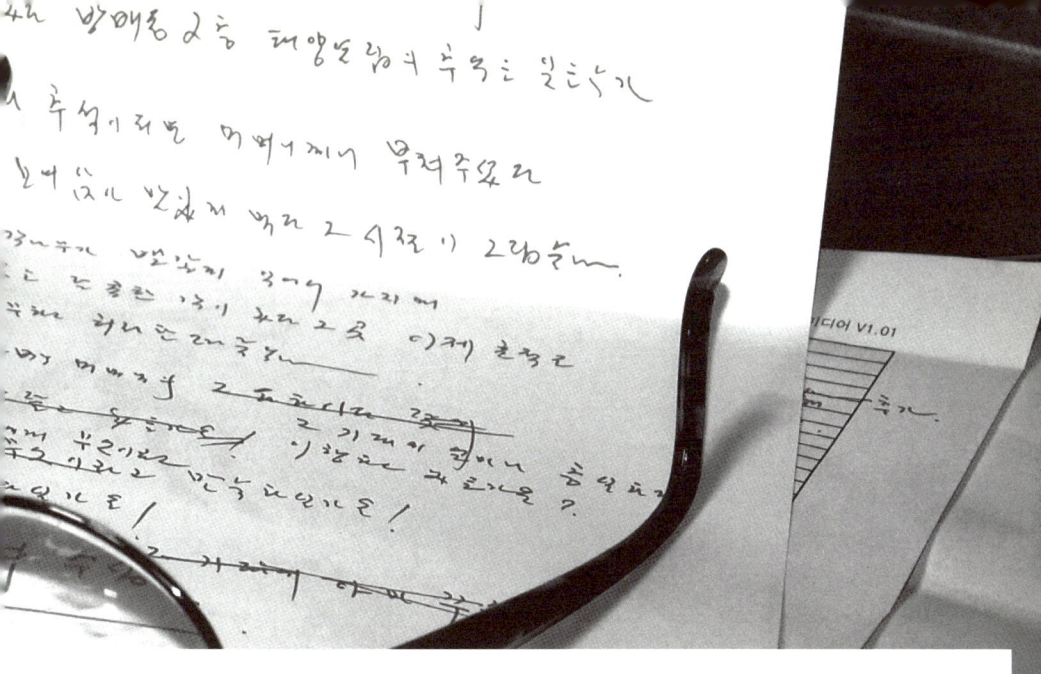

contents

한국 에어로빅스의 선구자
이영숙 교수

영원한 불꽃
세계로
날다

prolouge

20년 성공적
대학축제의
어제와 오늘

20년 성공적 대학축제의 어제와 오늘

2012년은 대학축제 20주년을 맞이하는 해이다. 대학축제는 88올림픽을 거슬러 올라간다. 그때가 우리나라의 생활스포츠 바람이 불기 시작했기 때문이다. 이때부터 각 대학별로 에어로빅스 등 생활스포츠를 경쟁적으로 보급하면서 대학문화축제가 꽃피우기 시작했다. 1993년에 이르러 전국대학에어로빅스축제가 본격적으로 시작됐다. 대학생을 미래 사회의 건전한 주역으로 육성하는데 중점을 두고 대학생의 창의력과 화합을 통한 아이디어를 단체경기로 역량을 개발하여 에어로빅스운동과학에 기여하였다.

한국에어로빅스운동의 가장 보람 있는 결실이라면 두말할 것 없이 국제대학에어로빅스축제다. 한국대학의 역동적인 축제분위기에 머물지 않고 국제이벤트로 업그레이드를 이룬 지난 20여년의 노력은 자랑스러운 것임에 틀림없다.

국제대학에어로빅스는 2004년부터 글로벌스포츠문화 예술발전에 기여하는 원대한 목적을 갖고 시행하고 있다. 이를 통해 에어로빅스를 국민건강운동으로 계승, 발전시켜 국제 생활체육운동으로 한국에 토착화시키고자 한다. 에어로빅스는 모두가 함께하는 지구촌의 축제로 선수와 관중이 하나가 되어 화합하는 인류의 꿈을 실현시키는 취지로 각 나라의 전통과 특수성을 에어로빅스로 발휘할 수 있는 기회를 제공한다.

2011년 국제대학에어로빅스축제 개회식을 마치고

　무엇보다 대학마다의 협동심과 애교심을 바탕으로 창의적인 집단 활동을 펼쳐왔다는 사실은 자랑할 만하다. 세계 어느 나라에 가보아도 이러한 결속력과 응집력은 찾아보기 어렵다고 자부한다. 전국대학 에어로빅스축제에서 국제대학 에어로빅스축제로 발전함으로써 세계가 주목하는 성공사례를 만들었다고 할 수 있다.

　지난 20년의 과정을 돌이켜보면 엘리트 스포츠에서 벗어나 에어로빅운동이 생활체육으로 빛을 보이게 되자 제일 먼저 반응을 보인 방송사는 SBS였다. 그때 조재옥 PD는 기업의 광고를 하면서 전국대학에어로빅스축제를 개최하는 것이 어떠하겠냐고 의향을 타진해왔다. 나는 처음에 순수한 대학생들에게 산업광고를 시키는 것 같아서 거절했다. 그러나 끈질긴 설득에 제1회 전국대학에어로빅스축제를 오스칼배로 하였다. 결과는 성공이었다. SBS는 대학에어로빅스축제를 전국으로 생방송하였다. 이는 선수들의 사기를 높여주고 에어로빅스를 홍보하는데 일조하여 활기를 갖고 발전할 수 있는 기반이 되었다.

　2회, 3회, 4회는 스포츠의류를 입고하였으며, 5회부터 12회까지 LG생활건강에서 이후 국민체육공단에 지원으로 오늘에 이르렀다. 이와 같은 기반은 조재옥, 이준실 PD였다. 각 대학 담당교수들은 약 10년 넘게 서로 깊은 유대를 가지고 오늘의 대학기반을 구축할 수

에어로빅스축제 KBS 해설위원 김동아, 아나운서 유애리

있도록 하여줌으로서 마음깊이 감사한다. 그리고 2008년 16회 때부터 KBS가 박일해, 이원규 PD로 재도약하고 있다. 대학생의 창의적인 아이디어를 경쟁 속에 발전시키는 대학인의 축제 이제 글로벌축제로 도약하는 20년의 활력이 KBS와 더불어 영원하기를 기약한다.

오늘의 에어로빅스 축제가 이르기까지 항상 좋은 일만 있었던 것은 아니었다. 그러나 그 과정이 너무 힘들고 어려웠던 만큼 보람을 느꼈기 때문에 에어로빅스를 통해 얻은 즐거움이 배가될 수 있었다.

그러나 5회 축제를 준비를 하는 과정에서 고비가 있었다. 그 시절은 방송국이 문화공보부에 방송 스케줄을 제출하면 문화공보부는 그것을 조정하여 승인하는 역할을 할 때였다. 그 때 문화공보부는 SBS에 전국대학에어로빅스축제 방송 불가를 통보했다. 나는 이대로 포기할 수 없었다. 에어로빅스 아마추어 학생들의 기대에 어긋나게 할 순 없었다. 그러므로 나는 문화공보부에 업무지시를 내린 담당자에게 직접 전화를 걸었다.

"공무원의 역할이 건전한 대회를 지원하고 홍보해야하는 것이 아닌가요? 학생과 지도교수가 함께한 각 대학의 축제 프로그램을 방송하지 않으면 어떤 것을 방송합니까?"

요가코러스 단체경기 모습

"공무원들이 책상에만 앉아있으니 이와 같은 상황을 파악하지 못하고 결국 방송을 하지 못하게 지시한다고요! 도대체 월급을 받고 하는 일이 무엇입니까?"

"이제 우리는 모두 공보부 앞으로 뛰어갈 것이니 알아서 하시오"

전화를 끊고 얼마 지나지 않아 SBS에서 다시 연락이 왔다. 공보부에서 전국대학에어로빅스축제를 꼭 방송하도록 부탁하였다는 소식이었다. 이외에도 비바람이 몰아치던 날 방송스케줄에 차질이 생겨 동분서주했던 기억들이며 회장이란 어려울 때 혼자 해결할 수밖에 없는 외로움을 극복해야만 하였다. 이와 같은 일이 한두 번이 아니었다.

나는 회장이었지만 쓰레기통을 청소하는 자세로 제반문제를 해결해 나갔다. 중요한 과제인 예산문제는 회장으로서 의무를 다하여 해결하여야만 협회사업에 따른 존재가치를 발휘할 수 있었다.

생방송으로 진행할 때 숨 막히는 상황에서 대처해야할 순발력! 그 고통스러웠던 산모의 진통과 같이 그때뿐이고 다음 축제에 새로운 에너지를 발휘하고 도전한다. 대회 생방송을 한 번도 실수 없이 원만하게 진행되도록 한 우리의 능력도 자랑하고 싶다. 나는 정말 모두에게 감사한다.

어린 시절,
고향의 추억

첫 번째 이야기

어린 시절,
고향의 추억

어린 시절부터 1인 3역을 맡아
프로그램에 대한 끼를 한껏 발휘하는 등
요즘 표현으로 스타였다.

혼魂과 기氣를
이어받다

내 고향 황해도 재령, 축복받은 곡창, 온화하고 아름다운 고장이다. 지금도 불현듯 정겨운 고향 풍경이 머릿속을 스쳐갈 때면 6·25전란이 터지기 전, 38선을 넘어 월남한 뒤를 이어 고달팠던 피난 생활을 떠올리게 된다. 전란의 포성이 멈춘 지 반세기가 흘렀으나 철의 장벽으로 다시 고향을 찾을 길이 없으니 그리움만 쌓일 뿐이다. 태생의 터전을 잃은 실향민의 허무

감은 그만큼 클 수밖에 없다. 그러나 가족 모두가 공산치하에서 벗어난 것을 다행으로 생각하며 오매불망 고향을 찾을 꿈에 젖어본다.

황해도는 입지가 뛰어난 만큼 인재가 많기로 소문나 있다. 특히 독립투사, 정치인이나 사회운동가가 많은 편인데 그 대표적인 인물이 평산 출신 이승만李承晩 대한민국 초대 대통령과 해주 태생인 김구金九 선생이다. 같은 해주사람 안중근安重根 의사의 아내는 재령 사람이며 의열단원의 한 사람으로 조선식산은행에 폭탄을 투척한 뒤 자결했던 나석주 의사도 이곳 북율면 출신이다.

전국노래자랑을 지금까지 진행하는 최장수, 최고령 진행자 송해 씨는 고향 땅 재령에서 노래잔치를 열고 싶다며 단독콘서트를 준비 중이라고 한다. 이렇게 보면 재령은 정의에 불타는 열정과 재능의 땅이요, 풍요의 벌판을 선물 받은 행운의 터전인지도 모른다. 이러한 장수와 열정의 삶을 살아가는 게 우리 모두의 소망일 터다.

이러한 땅의 기운이 나에게 어떤 에너지가 되고 끝없는 열정을 불어넣어주었다면 그리고 무언가 이 땅에 빛을 남기려는 열망이 지금까지 살아있다면 내 고향과 내 조상에 감사할 일이다. 누구에게나 삶의 뿌리는 소중한 것. 아울러 그 혼魂과 기氣를 이어받아 후세에 전하는 게 우리에게 주어진 책무임을 잊지 않고 있다.

1932년 8월 7일, 일제日帝가 우리 한반도에 이어 대륙침략을 노리고 있던 시절에 나는 이곳 재령에서 태어났다. 아버지-이응용李應龍, 어머니-김예랑金禮娘 사이에 3남2녀 중 장녀로 태어난 나는 비교적 빠르게 주변 환경에 적응하면서 개척 정신을 익힐 수 있었다. 이것도 황해도 기질이라고 할까. 어떤 집단에 대한 적응력과 추진력은 물론 확실한 목표의식과 리더십을 어렴풋이나마 배울 수 있었음에 감사한다.

회상해 보면 지금도 지워지지 않는 기억이 그림처럼 펼쳐진다. 멀리 서양 촌이 보이고 나무숲이 우거진 언덕 위 성당에서 뛰놀던 일, 성당의 넓은 마당과 과수원의 사과나무들도 눈에 선하다. 이런 것들이 어린 시절의 행복과 꿈을 만들어 주었는지도 모르겠다. 백발의 외증조할머니는 앉아서 물레를 돌리면서 언제나 한결같은 미소로 나를 지켜봐 주시곤 했다. 경제적인 풍요를 따질 것 없이 우리는 축복받은 집안이었다.

재령은 성탄절이면 많은 교우들이 성당에 모여 정담을 나누며 성가연습에 열중하는 평화로운 마을이었다. 이때 김예숙 이모는 나를 꼭 데리고 다니면서 여러 사람 앞에 자랑하곤 했다. 그 다음엔 예외 없이 나에게 어떤 임무가 주어졌다. 노래에 맞춰 율동이든 무용이든 무엇인가 보여주어야 했다. 이때의 인기는 그야말로 최고였다. 열렬한 박수세례와 함께 앙코르를 받았다.

드디어 크리스마스가 되었다. 이모는 어른 치마의 허리띠를 내 머리에 둘러매고 길게 늘어뜨려서 그럴듯한 무용복으로 단장한 뒤 나를 무대 위에 올려놓았다. 무대에서 부른 노래는 '고요한밤- 거룩한 밤'이었다. 처음에는 어떻게 시작하고 끝날 때는 무엇을 해야겠다고만 생각하고 무대에 올라섰다. 촛불로 장식된 분위기에 걸맞게 성스러운 마음으로 정성스럽게 여러 가지 동작을 만들어 신나게 표현했다. 마지막에는 한쪽 무릎을 세우고 앉아서 기도하는 모습으로 양팔을 위로 올려 천천히 조용하게 멈추었던 기억이 난다. 이런 여러 추억이 있는 이모는 상냥하고 아름다웠는데 수녀가 되기 위하여 중국 영길 수녀원으로 떠났다. 어린 나이에 겪은 이별은 나를 몹시 슬프게 했다.

나의 어린 시절 큰 영향을 주었던 그 이모는 훗날 부산 피난 시절 그리고 서울 환도 이후 분도수녀원에 적을 두고 병원에서 근무하다 90세에 수

" 열정과 재능의 땅, 재령
에서 태어난 나는 동네
스타였다. 성탄절이면
무대에 올라 관객의 시
선을 사로잡았다. **"**

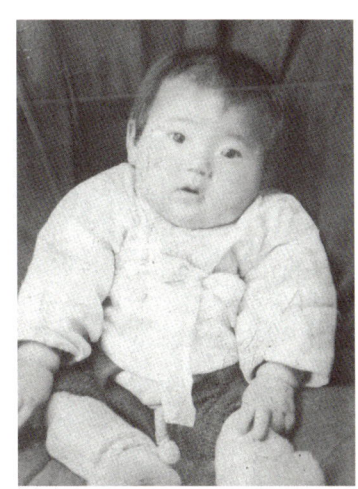

100일 때

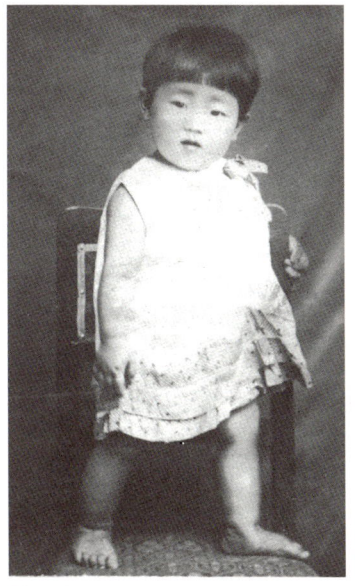

첫돌 때

유치원 시절

녀 생활 70년을 마감하였다. 황해도 재령에서의 성탄절 대축일 미사와 행사 때 나에게 큰 감동을 주었던 이모를 회상할 때마다 고향의 추억이 더욱 간절해진다.

잊을 수 없는 사람이 한 분 더 계시다. 바로 이필용 고모다. 세계2차전쟁 무렵 황해도 해주와 사리원에서 간호사로 일하던 그녀는 한마디로 천사 같았다. 국비장학생으로 간호사가 된 그녀는 조카들이 자랄 때 업어서 키우기, 물 길어오기, 불 때기 등 가사 일을 충실하게 돕기도 하였다.

6·25사변 이후 2차 후퇴 당시 시어머니와 어린 자식을 데리고 먼저 월남한 남편을 찾아 기적적으로 상봉한 감격도 잊혀지지 않는다. 이처럼 고달픈 세월 억척스러운 의지로 2남 4녀의 자녀들을 잘 키우신 고모를 자랑스럽게 생각하며 존경한다. 이러한 고모의 삶은 천주교 신자로서의 성실하고 진지한 생활에서 비롯된 것이라 말하고 싶다. 지금도 소박하면서 항상 감사하는 마음으로 겸허하게 노년을 살아가는 멋쟁이 고모에게 또 한 번 축하의 인사를 바친다.

아버지와
고무줄놀이

초등학교 2학년 때였던 것 같다. 내가 공부하고 있는 교실 뒤에서 누군가 혼자 수업에 참관을 하고 있었다. 그는 수업이 끝나고 담임과 상담을 하는데 다시 살펴보니 우리 아버지였다. 짐작하건데 '우리 딸 영숙이가 어떻게 하면 공부를 더 잘할 수 이싯까?' 이런 질문을 하며 심각하게 의논했을 것

부모님

이었다. 그 뒤로 담임은 우리 집에 와서 나를 직접 가르쳐 주었다. 얼마 동안 계속 되었는지는 기억이 없다. 지금 생각하면 내 성적을 불만스러워 했던 아버지가 못마땅하기도 했지만 남다른 아버지의 교육열이 한없이 존경스럽고 감사하기도 하였다.

어느 날 아침 아버지는 나를 사랑방으로 부르셨다. 작은 칠판을 세워놓고 앉으셔서 나눗셈, 곱셈을 구체적으로 설명해 주었다. 그리고 다시 그 문제를 풀어보라 했다. 나는 가만히 앉아 있노라니까 "야! 너는 이 담벼락과 같다"고 꾸중을 하시던 일이 떠오른다. 학창시절 운동과 유희의 즐거움에 빠져 산수공부를 게을리 했던 게 사실이니 불효를 했던 셈이다.

당시 신천에서 사법서사로 일하시던 아버지는 독립운동가인 김창용 동생 뒷바라지에 힘쓰면서 나에게는 항상 뛰면서 도전하는 사람이 되라고 당부하였다. 아버지는 나의 학교 생활을 늘 세밀하게 체크하면서 교사들과 나의 진로에 대해 무언가 의논하였던 자상한 분이다. 어머니 또한 지혜로우면서도 개방적 사고로 활동적이었던 분이라 나를 진취형 인재로 키우셨다.

나는 초등학교 고학년이 되면서 고무줄놀이를 학교에서, 집근처에서 많이 하였다. 여름에는 밤늦게까지 동네 마당에서 맨발로 고무줄놀이를 하였는데 고무줄은 무릎 높이에서 시작하여 허리 높이 그리고 어깨높이까지 올리면서 하였다. 고무줄놀이는 고무줄 잡이가 노래를 부르면 시작되었는데 고무줄을 한발로 감고 풀면서 발놀림으로 뛰면서 하는 것으로 참 재미있고 즐거웠다. 어깨 높이로 고무줄이 올라갈 때는 치마를 입에 물고 발이 고무줄에 닿아야 넘을 수 있기 때문에 뛰기 능력은 대단한 기술이 필요하였다.

고무줄놀이뿐만 아니라 말 타기 놀이도 하였다. 특히 교실 안에서 책상을 밀고 하기도 하고, 복도에서 하기도 하였다. 왈가닥 친구들이 팀으로 나뉘어 말 타기 놀이를 하였는데 서있는 대장 앞에 허리를 굽혀 말이 되고 또 다른 팀이 말을 타는 놀이다. 한 명부터 말이 되어 엎드리기 시작하면 말을 타는 팀은 뛰어서 등에 올라탄다. 그리고 가위바위보를 하고 지면 말이 되는 것이다. 계속하여 두 명, 세 명 인원이 증가함에 따라 말은 길게 연결되고 그만큼 타는 팀은 계속 많이 뛰어 넘어야 했다. 떨어지지 않으려고 모두 애쓰는 긴장 속에서 가위바위보의 순간은 정말 스릴 있는 것이었다. 짧은 휴식시간을 이용하여 말 타기 놀이를 하였는데 선생님이 오신다는 신호가 오면 재빨리 제자리에 돌아오곤 했다. 교실 안은 온통 먼지가 일건하였다. 선생님은 얼굴을 찌푸리시고 인상을 쓰셨지만 어쩔 수 없다는 듯 수업을 하였다.

지금 생각하면 그 시절 놀이를 통한 스포츠가 없었으므로 이와 같은 고무줄놀이와 말 타기 놀이는 성장기의 소녀들에게 유일한 놀이 스포츠였다.

1인 3역의
연극놀이

초등학교 2학년 때인 것 같다. 담임이 학예회 때 율동을 발표해야 한다고 5명을 뽑았는데 나도 포함되어 있었다. 책에 있는 그림과 설명을 보면서 우리들을 가르쳐 주었다. 양손에 일장기를 들고 앞으로 옆으로 위로 흔드는 간단한 동작이었다. 옷은 분홍색 치마저고리였는데 치마는 주름을 잡아 눌러서 줄을 세운 것으로 그 시대에 좀처럼 입어보기 힘든 것이었다. 치마저고리를 입고 깃발을 흔드는 율동을 하는 우리들을 다른 친구들이 퍽 부러워하였다. 나는 다섯 명 중 가운데 서고 담임은 교실 단위로 지도서를 보면서 가르쳐 주었다. 이 율동은 아마 일본을 포함하여 우리나라 학교 전체가 일률적으로 같았을 것이다. 노래는 일본어로 '이긴다. 일본! 당연히 이긴다!' 였다.

4학년 때는 군복에다 군인모자와 군화를 신고 발표를 했다. 씩씩하게 행진하다가 쓰러져있는 전우를 일으켜 세워 어깨동무를 하고 걷다가 쓰러지면 다시 일어나 가는 등의 행동이었다. 연극도 무용도 아닌 것으로 우리 친구들과 나는 그것으로 만족할 수가 없었다. 우리는 무엇인가 더 해보고 싶은 충동이 일어났다. 다행히 우리 집 근처 큰 사거리에 평양에서 운반해 놓은 큰 남자고무신을 전시한 상점이 있었다. 그 고무신은 아이들 3~4명이 들어가 앉을 수 있을 정도의 크기로 우리 고장의 명물이었으며 모르는 사람이 없었다. 그곳은 나와 제일 친한 친구 김옥선의 집이었다. 그 상점 창고에는 고무신 박스를 쌓아놓은 넓은 공간이 있었는데 우리는 그곳에서 학예회 때 하고 싶었던 연극도 하고, 무용도 하고 노래도 하는 등 전반적인 프로그램을 만들어 1인 3역을 하였다. 때로는 큰 이불보로 막을 만들어,

그막을 열고 닫으며 공연을 예상하면서 연습하고 놀았다. 그것은 각본, 계획, 진행, 감독, 배우의 역할을 모두 한 셈이 되었다. 이와 같은 학예회놀이는 겨울방학을 중심으로 낮과 밤의 구별도 없이 몰입되어 가상 학예회 발표연습을 하며 놀았다.

나의 유년 시절을 회상하면 할수록 이웃의 사랑을 듬뿍 받았던 그 시절의 행복을 떠올리게 된다. 할아버지가 경영하던 과수원에서 마음껏 뛰놀며 또래 친구들의 우두머리 노릇을 하던 일, 그리고 사법서사로 마을의 유지가 된 아버지의 남다른 보살핌으로 그리 멀지 않은 거리의 신천 후다바_{ふた-}ば. 二葉 보통학교에서 인기를 독차지했던 일이 지금도 생생하게 머릿속 깊이 남아 있다. 수업시간에 읽기를 하거나 학예회에서 발표를 할 때 늘 앞장서며 칭찬받기를 좋아했던 소녀 때의 습관이 노년에 접어든 오늘에까지 이어지고 있음에 스스로 놀라기도 한다.

지금도 잊혀지지 않는 신나는 장면은 하모니카연주에 발맞추어 춤추면서 박수를 받고 그런가하면 고무줄놀이를 하거나 치마를 입에 물고 앞으로 날아가듯 말 타기 놀이를 즐길 때의 신바람이 나의 넘치는 에너지를 만들어 주었는지도 모른다.

이것도 일종의 타고난 재능이라 한다면 이러한 달란트를 주신 내 부모와 하느님께 감사할 일이다. 어쨌든 무슨 재주든 한번 익히고 나면 완벽하게 해내야만 직성이 풀렸다. 훗날 전국체전 마스게임의 지도교사로 이름을 알리고 체육대학을 거치며 에어로빅스운동의 선도적 기수 역할을 한 게 결코 우연이 아니었다. 하늘은 스스로 노력하는 자를 돕는다고 했듯이 어린 시절부터 시작된 나의 노력은 반세기를 훌쩍 뛰어넘어 이제는 어느 정도 열매를 거둘 정도에 이르렀음을 다행스럽게 생각한다.

북쪽에서의
소녀 시절

　2차 세계전쟁 말기에는 학교에서 공부하는 날보다 산으로 풀 베기에 동원되는 날이 많았다. 각자 풀을 베어 몇 다발씩 묶어서 학교운동장 한 쪽에 단정하게 네모로 쌓아 올려야만 했다. 비료를 만들기 위한 풀 베기에서 나의 성과는 언제나 초라하기만 했다. 뿐만 아니라 비행기 기름으로 쓰려는 소나무 송진 베기와 뿌리 캐기도 마찬가지였다. 이 숙제를 해결하지 못해 집에 있는 장작을 톱으로 베어 포대에 넣어 가지고 간 적도 있다. 그들이 말하기를 "일본은 훌륭하게 죽기 위하여 할복자살도 마다하지 않는 전통이 있다"고 했는데 정말 승리를 위해서는 자기희생을 영광으로 삼는 가미가제정신으로 무장한 게 그들이었다. 웃어넘기기에는 너무나 무서운 정신교육이었다. 그렇다고 이들을 비난하기만 할 게 아니라 그 살신殺身정신에서 배울 점이 있다면 배워야 한다고 생각한다.

　초등학교 5, 6학년 때의 담임은 남자 체육선생님이었다. 그는 중간 놀이시간이 되면 전교생 모두를 운동장에 내보내 행진을 하게 했다. 전교생 모두 웃통을 벗고 햇볕을 쪼이면서 행진하도록 했다. 피부에 햇볕을 쪼이면 건강해지기 때문이란다. 지금 생각하면 그는 현명한 교사였다. 그러나 남녀 학생들이 반별로 줄을 서서 원형 또는 네모로 행진하면 서로 마주보게 하는 형태였는데 5, 6학년 여학생들은 제법 유방이 발달되어 부끄러워하기도 했다. 그래서 담임은 여학생들이 원한다면 조끼를 입고 행진하도록 허락했다. 그때에 입은 건 치마에 붙은 조끼로, 말하자면 오늘의 브래지어 같은 것이었다. 나는 웃통을 자신 있게 벗고 활기차게 행진했던 기억이 난다. 장날이 되면 장꾼들은 가던 길을 멈추고 학교 담 너머로 여학생들이 웃

중학생 시절 (오른쪽 아래 이영숙 교수)

통을 벗고 운동하는 모습을 신기하게 구경했다.

나는 뜀틀 1단부터 7-8단까지의 높이에서 여러 가지 형태의 동작들을 숙달했는데 구르기, 다리 벌려 뛰기를 잘한다는 칭찬을 들었다. 이러한 자신감으로 소학교 졸업 때 여학생 대표로 체련상을 받기도 했다.

이어 재령 명신여학교에 진학할 때는 경쟁률이 꽤 높았다. 이 학교는 그 당시 미국 선교사의 영향을 받아 교육내용과 시설이 우수하여 평양을 중심으로 한 도회지 학생들이 비교적 조용하고 한산한 곳으로 피난을 겸해 몰려들었다.

지금 기억나는 것은 입학시험으로 낮은 뜀틀 넘기를 했던 것이다. 나는 왼쪽 가슴에 번호표를 달고 단정하게 뛰어가서 한발로 발돋움판을 딛고 뜀틀을 넘으면서 착지할 때 양팔을 옆으로 벌리고 아주 절도 있게 양발을 모았다 다시 뛰어갔다. 시험관들은 물론 수험생들도 잘한다고 놀라워하는 눈치였다.

나는 명신여학교에 입학하게 되면 교복인 세일러복을 입고 다른 학생과 함께 운동장에 나와서 음악에 맞추어 율동체조를 같이 하는 것이 소원이었다. 그 모습이 초등학교에 다닐 때 부럽고 멋지게 보일 수 없었기 때문이다. 우수한 성적으로 명신여학교에 입학하게 된 나는 상급생들과 같이 율동체조를 할 수 있다는 기대에 큰 희망을 가졌다.

　돌이켜 보면 어린 시절 학예회 때면 각본 만들고, 사회 보고, 주역으로 나서는 등 1인 3역을 맡아 프로그램에 대한 끼를 한껏 발휘했다고 할 수 있다. 그런가 하면 입학시험 때부터 체육시험에는 항상 만점을 받았으니 요즘 표현으로 스타였던 셈이다.

예술제를 마치고 가운데 갓 쓴 이영숙 교수

초등학교 교사 시절

김천여고 졸업발표회 예술제를 마치고(왼쪽 음악선생, 오른쪽 교감, 교장)

부모님, 형제 가족들, 고모 가족들과 함께 보낸 설날

6·25전쟁의 비극과 피난 생활

두 번째 이야기

6·25전쟁의 비극과
피난 생활

도전과 성취는
나의 평생을 통틀어 한 번도
멈춘 적이 없다.

38선을 넘은
대 탈출극

8·15 해방 이후 재령 명신여학교는 재령 여자사범전문학교로 교명을 바꾸고 교사양성학교로 새 출발했다. 본과 1학년에 오른 내가 잔뜩 부풀어 있을 무렵, 해방의 기쁨과 함께 몰아친 한반도의 태풍은 나의 꿈을 앗아가 버렸다. 국민 모두가 겪었던 일이니 무엇을 한탄하며 누구를 원망해야 할 지 깊은 좌절과 혼란 속에 빠져버렸다.

이 무슨 비극인가. 난데없이 38선이 생기면서 반도의 허리가 잘리고 남과 북은 미국과 소련 두 강대국의 지배 아래 통치당하는 운명을 맞게 됐다. 명신여학교를 포함한 모든 학교에는 러시아어를 가르치는 교사가 배치되고 프롤레타리아란 무엇인가를 설명하였다. 그리고 아침마다 자아비판이란 이름 아래 여러 친구들 앞에서 잘못을 고백하고 반성하는 등 하루아침에 학업공부보다 사상교육을 위주로 하는 붉은 세상이 되어버렸다. 한마디로 북녘의 모든 마을이 공포 분위기의 공황상태에 빠져버린 것이다.

집에 돌아오면 아버지는 남한 소식이 궁금하여 이불을 뒤집어쓰고 남한 라디오 방송을 들었다. 날로 남한 방송을 듣는 집들이 늘어갔다. 밤이면 집 주위를 돌면서 감시하는 도리우찌*를 쓴 청년도 볼 수 있었다. 우리 가족의 불안은 커져가기만 했다. 좀처럼 헤어날 수 없는 불안과 공포에 휩싸였다. 언젠가는 결국 형무소로 끌려갈 것이라는 직감이 우리 가족을 더욱 옭아매고 있었다. 이러한 극단의 상황에서 가족의 선택은 한 가지뿐이었다. 아버지, 어머니는 이미 결심이 굳어져 있었다. 먼저 아버지가 큰아들을 데리고 월남越南을 결행했다. 광기狂氣가 번득이는 공산주의의 굴레에서 벗어나 자유로운 세상에서 살려는 당연한 선택이었다.

당시 나는 17세 어린 나이였고 어머니는 37세였다. 지금 생각하면 그때 어머니의 지혜와 결단력이 없었다면 우리는 아마도 이산가족이 됐거나 살아남지도 못했을 것이다. 어머니는 시아버지와 아들 셋, 딸 둘을 맡았으니 그 불안과 고초를 어떻게 표현할 수 있으랴. 어머니는 아버지와 어떤 약속이 있었는지 우리 집 재산을 정리하여 평양에 가서 은 덩어리를 만들어 자루 몇 개에 가득 넣어 오셨다. 이것이 나중에 우리 가족을 지켜줄 생명줄이

---

*일제시대에 일본 형사들이 많이 쓴 납작모자로, 일본 형사를 비유하는 말

피난시절

라고 판단한 모양이다. 그러나 그 은 덩어리의 무게가 대단하여 큰 짐이 됐다. 나는 이것이 금이었으면 하는 생각뿐이었다. 아버지는 오랜 세월 집에서 아껴 쓰던 '싱가미싱' 재봉틀 머리를 떼어서 맏아들 영수의 등 뒤에 메게 하고 38선을 육지로 먼저 넘었다. 그것이 6·25 피난 중에 어머니가 이 재봉틀로 삯바느질하여 생계를 유지할 수 있었으니 그 혼란 속에서도 앞을 내다본 현명한 판단에 놀라지 않을 수 없었다.

　이제 어머니와 남은 가족들이 아버지를 찾아 38선을 넘을 차례다. 38선을 넘는 방법은 두 가지 길이 있었다. 하나는 사리원을 거쳐서 육지로 가는 방법과 또 하나는 장연을 거쳐서 바다로 가는 길이었다. 신천에서 아침에 떠나는 기차는 같은 시간에 오른쪽은 사리원으로 왼쪽은 장연으로 출발하였다. 우리 가족은 장연으로 가기 위하여 왼쪽으로 출발하는 기차를 탔다. 그리고 같은 시간에 출발하는 사리원으로 가는 기차에는 도리우찌 모자를 쓰고 완장을 찬 청년들이 우리 가족을 잡으려고 찾고 있었다고 한다. 나중에 뱃사공 아줌마가 전해준 이야기로 우리는 아슬아슬한 순간을 넘긴 것이다. 그때 대부분이 육지로 38선을 넘었기 때문이었다. 어린 자식과 시아버지를 맡은 어머니는 언제 어떻게 도피 계획을 세웠는지 작은 고깃배를 준비해 놓았다. 마을 사람들 눈에 띄지 않는 어스름한 달밤을 택하여 황해 바다를 넘어 백령도로 향하는 모험에 나선 것이다. 그야말로 죽음을 무릅쓴 엑소더스였다. 먼 옛날 그리스도 박해시대의 대탈출을 연상케 하는 역사의 엑소더스는 자주 있었다지만 우리 민족사에서는 이런 탈출기록이 없었으니 그 자체가 비극이 아닐 수 없다.

뱃사공의 말로는 썰물과 밀물이 바뀌는 시간을 계산하여 밤에 떠나면 새벽이 되어 38선 이남에 도착할 수 있다는 것이다. 우리는 작은 배 안에 숨을 죽이고 누워서 새벽을 기다렸다. 그런데 왜 차질이 생겼는지 긴 시간이 흐르고 새벽이 되었으나 배는 38선을 넘지 못하고 겨우 장산곶 근처를 맴돌고 있었다. 큰 바위 뒤에 숨어서 다시 밤이 되기를 기다렸다. 북한경비원의 감시를 벗어나기 위함이었다.

뱃멀미가 심해지면서 이 상태로는 도저히 밤을 기다릴 수 없는 상황이었다. 온 가족이 혼수상태에 빠져 정신을 잃고 있을 때 멀리서 소리가 들려왔다. "여보! 여보시오! 이 배가 무슨 배요?"라는 물음에 뱃사공은 "고기잡이 배요!"라고 대답했다. 그러자 저쪽에서 "저기 보이는 어린아이와 아낙네가 있는데 고기잡이 배가 아니지 않소?"라고 묻는 것이 아닌가.

우리는 가슴이 털컥 내려앉았다. 그때 할아버지가 입을 열었다. "어떡합니까? 내 아들 찾아서 가는데…" 할아버지의 솔직한 호소가 먹혀들었는지 반응이 나쁘지 않았다. 그 쪽은 마을 사람이었는지 "조금 있으면 통통배가 순찰할 시간인데 여기에 있으면 끌려갑니다!"라고 걱정하며 자기네 마을로 우리를 안내해 주었다. 이 섬에는 100여 명의 어민이 한마을을 이루어 살고 있다고 했다.

파도가 높게 일고, 바람이 세게 몰아쳤다. 어머니는 이렇게 넓은 바다인 줄은 미처 몰랐다며 한숨을 크게 내쉬었다. 까마귀는 까악~까악~ 하루 종일 울어대고 큰 바위들을 치는 파도소리가 무서웠다. 할아버지는 "야. 애미야, 나는 더 이상 못가겠다. 너희들끼리 가거라" 하셨다. 어머니는 "우리는 가다가 죽어도 되고, 아버지께선 여기서 혼자 사시겠다는 겁니까? 죽어도, 살아도 같이 가야지요!"라며 단호했다.

나는 이때 어머니의 강인한 힘을 보았다. 존경심이 우러났다. 우리는 이 섬에서 힘센 뱃사공을 구해 큰 배로 바꾸고 파도가 잠잠해지기를 기다렸다. 이 생사의 갈림길에서 우리는 비장한 각오로 만만의 준비를 하였다. 그리고 새로운 배에 다시 올라탔다. 출발한 지 얼마 되지 않아 갑자기 배가 요동치며 돛대가 바람에 쓰러졌다. 배는 금방 뒤집어 질 것 같이 흔들렸다. 공포의 순간, '이제 우리는 여기에서 모두 바다에 빠져 죽는구나. 하느님 살려주세요.' 두 손 모아 빌었다. 그곳이 바로 장산곶. 심청이가 아버지의 눈을 뜨게 하려고 빠져 죽은 곳으로 물결이 뱅뱅 돈다는 전설이 있는 곳이다.

신심 깊은 우리의 기도가 하늘에 닿았는지, 또는 심청이의 혼백이 우리를 도왔는지, 울부짖는 한밤의 거센 파도 속에서 우리는 살아났다. 죽음의 공포를 뚫고 백령도에 도착한 건 새벽녘이었다. 이곳에서 목숨을 걸고 이북에서 자유를 찾아온 피난 행렬을 만날 수 있었다. 모두 거처가 없는 노숙 난민들이었다. 우리는 백령도에서 다시 배를 타고 인천으로 갔다. 다행히 아버지와 연결이 잘 되어 아버지가 보내준 트럭에 몸을 싣고 서울로 향했다. 마치 한편의 영화처럼 공포의 바다, 38선 사선死線을 넘은 대탈출극은 이렇게 끝났다.

38선을 넘어 백령도, 인천을 거쳐 서울에 당도하니 기다리던 아버지와 재회하여 온 가족이 함께 모였다. 북아현동에서 내과병원을 개업하고 있던 아버지 친구, 차희선 씨가 병원 약제실에 우리 피난 가족의 거처를 마련해

주었다. 여덟 식구가 머물기엔 너무 좁았지만 우정의 결단에 눈물이 날 지경이었다.

나는 북아현동 길가의 과자점에 진열되어 있는 빵을 보고 몇 번이나 발걸음을 멈추었는지 모른다. 이북에서는 볼 수도, 맛볼 수도 없었던 빵에 군침이 넘어갔다. 아버지가 집을 구하러 다니시다가 어머니가 손수건에 싸준 고구마를 남산에 올라가 먹으며 아래를 내려다보니 서울 장안의 집들이 즐비한데 놀랐다고 하였다. 그 많은 집들 중에 우리가 머물 곳이 없으니 허망한 생각이 드셨다고 한다. 그나마 38선을 넘으면서 잘 지켜온 은 덩어리를 모두 팔아서 영등포 대방동에 넓게 펼쳐진 논과 밭길을 지나면 나오는 기와집을 마련할 수 있었다.

삶과 죽음의
갈림길에서

우리 월남 가족이 새 희망을 품고 새 출발하려할 때 6·25 전쟁이 발발했다. 이 무슨 악령의 심술인가. 배움의 터전을 마련하려던 노력은 허무하게 무너지고 더 혹독한 피난 생활이 시작되었다. 국민 모두가 겪은 일이라지만 남한 땅에 아무런 발판이 없는 실향민으로선 앞이 캄캄한 절망감과 내일이 보이지 않는 공포감에 떨어야 했다.

대방동을 지나는 대로에는 짐 보따리를 이고 진 피난민들이 쉴 새 없이 지나갔다. 북쪽에서 탈출해 온 우리들은 국군이 이렇게 무력하게 후퇴할 줄은 전혀 예상하지 못했다. 이승만 대통령의 라디오 담화와 국군의 전투력을 그대로 믿고, 피난 간다는 생각은 하지도 않았다. 아버지는 정부를 너무 믿은 나머지 예금한 돈도 찾지 않았기에 당장 생활하는 것도 막막했다. 예금 가운데는 나의 입학 등록금도 포함되어 있었을 것이다. 이제 어떻게, 무엇을 먹고 살 것인가.

이때 내 머리를 흔들어 깨운 건 '하늘이 무너져도 살아날 구멍은 있다', '호랑이한테 물려가도 정신만 차리면 된다'는 어른들의 가르침과 어린 시절 고향 마을의 성당에서 들은 성경 말씀들, 예컨대 '극진하게 기도하고 간구하면 하느님께서 응답하신다'는 것이다. '그렇다. 칠흑같이 어둡고 무서운 밤, 38선을 넘어 바다를 건너온 그 용기와 각오라면 무엇을 두려워하랴' 이렇게 마음을 다지자 두려움이 사라지고 새 희망을 찾아 나갈 길을 찾기 시작하였다.

우리는 호구지책을 마련하기 위해 길거리로 나섰다. 나는 피난민들이 지나가는 길에 찐 고구마를 바구니에 담아 들고 나갔다. 흰 바지에 흰 모자를 깊숙이 눌러쓰고 앉아서 사줄 사람을 기다렸으나 눈길 주는 사람은 하나도 없었다. 난생 처음 경험해 본 고구마 장사였다. 이때 가만히 앉아서 계산해 보았다. '고구마를 전부 팔면 얼마인가? 그리고 원금과 이익은 얼마인가? 이것이야말로 헛수고 아닌가?'

피난을 포기한 우리 가족은 대방동에서 한강다리가 끊기는 요란한 소리를 들었다. 수도 서울이 이렇게 사흘 만에 적의 손에 넘어가다니…. 인민군은 배로 한강을 넘어 우리 동네까지 들이 닥쳤다. 우리는 또 다시 생존의 위협을 느끼는 공포에 휩싸였다. 월남민이라는 사실이 알려지면 총살당할 수도 있기 때문이다.

이처럼 불안한 상황에서 어머니는 집안의 귀한 물건들을 양식으로 바꾸어 오고, 아버지는 과일 장사를 시작했다. 하루는 손수레에 포도를 가득 담고 아버지가 끌고 나는 뒤에서 밀고 언덕으로 올라가는데 배가 고파서 힘이 없으니 이만저만 힘든 게 아니었다. 저녁 때면 밥은 무엇으로 지었던가. 기억나는 건 호밀가루로 호박, 감자, 호박잎 등 채소를 섞어 죽과 같이 만들어 먹은 것이다. 나는 주걱으로 온 가족 밥그릇에 풀떼기를 담으면서 얼마나 배가 고플까라는 생각에 마음이 편치 못했다. 정작 내 밥그릇은 주걱과 솥에 붙은 것 외에는 무엇으로도 채울 수 없었다. 먹은 것이 없으니 아침에 일어나 마당의 솥에 불을 때려는데 장작을 가져갈 힘도 없었다.

월남 이후 그때까지 고난 행진이 계속되고 있던 어느 날 미국 비행기 B-29가 서울 상공에 나타났다. 동생들은 아무것도 모르고 양팔을 흔들며 환호했다. 그것이 서울에 남아 있는 주민들을 사지에서 구출해주는 신호였다. 성경의 고난기록에서 볼 수 있듯이 공포와 고통에는 끝이 있는 법이고 포기하지 않는 사람에겐 반드시 희망의 빛이 비친다는 사실을 이때의 피난 생활을 통해 믿게 되었다.

성당에서의 구원의 손길

9·28수복의 기쁨도 잠시, 새해로 접어들자마자 혹한 속에 1·4후퇴가 시작되었다. 기차는 움직이지 않으니 포기하고 철도길을 따라 피난 보따리를 멘 채, 대포를 쏘아대는 불바다를 헤치며 뛰었다. 눈이 쌓여 아이를 업고 가다가 힘이 들어 썰매를 만들어 끌고 가다가 불바다가 된 위급한 상황에선 결국 아이를 버리고 가는 엄마를 보았다. 열흘 동안 걷고 걸어서 남하하다

김수환 추기경(오른쪽 두 번째)과 어머니(오른쪽 세 번째)의 만남

더 이상 갈 수 없어 멈춘 곳이 김천이었다. 남쪽에는 친척은 커녕 아는 사람도 전혀 없었다. 사방을 둘러보아도 도움을 청할 곳이 있을 리 없었다.

먼저 떠난 아버지는 가는 길목마다 벽에 행선지를 알리는 전단을 붙이며 우리를 찾았다. 또 나는 동생과 헤어지는 일이 있을 경우에 대비하여 가지고 있던 돈을 나누어 주고 동생과 헤어지는 일이 없도록 노끈으로 몸을 묶어 같이 움직였다. 우리 가족이 다시 만난 건 황간에 이르러서였다. 뒤에 처졌던 할아버지는 끝내 모습을 찾을 길 없고 남은 가족들이 서로 부둥켜 안은 채 울음을 터뜨렸다.

골똘히 생각하던 어머니는 김천성당에 찾아가 도움을 청했다. 독실한 가톨릭 신자였던 어머니는 젊어서부터 여러 가지 성당 활동을 하면서 어떤 확신이 있었던 것 같다. '구하라. 그리하면 주실 것이다'라는 말씀 그대로

이모 수녀 장례미사(부산 분도 수녀원)

고난에서 우리를 구해줄 분은 주님뿐이라고 믿었다.

　우리 가족은 이러한 믿음으로 김천성당의 교리 방에서 기숙할 수 있었다. 월남에 이은 피난 생활에서 많은 식구들이 흩어지지 않고 생존할 수 있다는 게 얼마나 어려운 일인지 겪어 보지 않은 사람은 상상도 못할 것이다. 지금 생각하면 현실이 아닌 꿈속의 이야기만 같다. 그 추운 겨울, 성당 교리방의 차디찬 마룻바닥에서 자다보면 새벽 미사에 나가는 수녀들의 발걸음 소리에 깨어 깊은 생각에 빠지기도 했다. 그런가 하면 이들의 새벽기도 소리에 근심을 떨쳐버리고 희망의 새 날을 기다리기도 했다. 아마도 수녀들은 추위에 떨고 있는 우리 가족을 위하여 기도해 주었으리라 믿는다.

　얼마 후 민가 초가집 사랑채로 거처를 옮겨 다행이었지만 계속된 고난의 강행군으로 어머니의 몸은 날로 쇠약해졌다. 이처럼 고달픈 김천 피난 생활은 아버지가 시청 임시 직원으로, 또 남동생들은 신문팔기, 미군부대 깡통팔기 등으로 생계를 이어갔다. 또한 간절한 기도 덕택인지 나에게 학생특활지도라는 새로운 역할이 주어져 집안에 모처럼 활기를 찾게 되었다.

여기서 한 가지 고백할 일이 있다. 고백 이전에 깊이 뉘우치며 속죄할 일이다. 6·25전쟁의 포화 속에 경황없이 허둥대며 피난 중에 할아버지와 헤어져 영영 찾지 못한 것이다. 그 처절한 비극 속에 이산가족이 된 사람들이 얼마나 많았던가. 우리 가족은 다행히 김천에서 그야말로 천우신조 天佑神助라, 하느님의 도우심으로 다시 생활할 수 있었으나 씻을 수 없는 죄의식으로 고통 받아야 했다. 고령이었던 할아버지는 아마도 피난길에서 "너희들 먼저 가거라"는 말씀만 남긴 채 스스로 삶을 포기하셨을 지도 모른다.

비극의 날로부터 반 세기가 흐른 뒤, 우리 가족은 그 무거운 마음의 짐을 내려놓기 위해 할아버지 가묘를 만들고 비석에 가족의 이름을 새겼다. 아들 이응용, 딸 필용, 자부 김예랑, 손 이영숙, 영수, 영찬, 영혜, 영철의 이름으로 된 비문은 다음과 같다.

〈1950년 6·25사변은 우리 조국의 불행이었으며 우리 가족에게도 할아버지와의 슬픈 헤어짐이었다. 그 넋을 뒤로하며 우리의 아픈 마음을 영원히 간직하고자 이곳에 넋을 모신다.〉

우리의 뒤늦은 참회가 있기 전에 고모와 이모의 전구轉求로 할아버지의 영원복락을 빌었으니 지금은 천상에서 편히 계실 것으로 믿는다.

새 길을 열어준
김천여고와의 만남

어느 날 마당 우물가에서 설거지를 하고 있는데 누가 나를 찾아왔다. 김천여자고등학교 음악선생이라고 했다. 어떤 정보를 듣고 찾아왔는지 알 수 없지만 경찰위문공연을 해야 하는데 학교에 무용을 지도할 교사가 없으니 임시로 맡아달라는 요청이었다. 누군가에게 고향에서의 내 경험에 대한 소문을 들었던 모양이다.

이튿날 언덕 위의 김천여고 가교사를 찾아갔다. 약 20명의 여학생들을 모아놓고 나를 소개해 주었다. 연습기간은 10일 정도라고 했다. 어떤 경로이든 인정과 선택을 받은 게 무엇보다 다행이었다. 그저 내가 좋아서 한 것 뿐인데 정말 우연하게도 나에게 새로운 길이 열린 것이다.

나는 6가지의 프로그램을 만들었다. 그것을 위하여 비탈길 언덕에서 맨발로 학생들을 열심히 지도했다. 학생들과 함께 땀 흘리는 모습은 이 학교의 남자 교사를 중심으로 마을의 새로운 구경거리가 되었던 모양이다. 경상도 지역에서는 무용을 하는 교사나 학생이 없었을 터이니 그럴만도 하였다. 경찰위문공연은 음악과 무용이 어우러진 무대로, 공연은 성공으로 끝났다. 학교 측도 대만족이었다. 이후 학교에서 개학 후 학생들에게 무용을 정규시간에 지도해 달라는 요청이 왔다.

난감한 일은 월남과 피난통에 내가 고등학교 졸업장도 받지 못했다는 것이다. 다시 말해서 자격미달이었다. 나는 "저는 아직 고등학교 졸업장이 없습니다. 이 학교에서 학생으로 공부할 기회를 주신다면 무용은 얼마든지 학생들에게 지도하겠습니다"라고 사정을 솔직하게 털어놓았다.

교감은 방과 후에 무용을 지도하고 고등학교 3학년으로 편입 등록하되 등록금은 면제해 주겠다고 흔쾌히 수락해 주었다. 이때 서울에서 피난 온 학생들에게는 특별편입을 받아주도록 배려하고 있었다.

나는 고등학교 3학년 전 과목을 교실에서 공부하고 방과 후에는 무용지도를 하며 졸업발표준비를 해야 했다. 저녁에 집에 돌아오면 장작을 얻어서 땔감을 마련하고 밥을 지었다. 밤에는 희미한 불빛 아래서 밥상 위에 책을 놓고 공부하면서 꾸벅꾸벅 졸 때가 많았다.

김천여고의 교감은 예술영역 특히 음악과 무용에는 상당한 수준으로 박식했다. 나에게 베토벤 5번 '운명'의 레코드판을 내놓으며 이것으로 무용을 안무하라고 했다. 나는 궁리 끝에 '자유대한'이라는 주제를 정하고 36년 간 일본 압박에서 해방된 내용을 구성하여 자유대한의 사또가 등장하는 드라마틱한 작품을 만들어 칭찬을 받았다. 베토벤 5번 '운명'은 '따따따 땅~' 쇠사슬에 팔을 묶어 신음하다 드디어 '따따다 땅'으로 쇠사슬을 끊고 자유를 찾아 해방되는 내용으로 일어났다 다시 쓰러지는 형태였다. 나는 이 레코드판을 모두 외우다시피 했다. 그리고 다음 음악은 슈베르트의 '죽음과 소녀'였다. 이것은 소녀가 침대에서 죽음의 길을 헤매고 있을 때 악마가 나타나 천사와의 갈등을 무용으로 구성하는 것이다. 이 작품은 졸업발표회에서 내가 주인공이 되어 발표한 것으로 훌륭하게 나의 임무를 완수할 수 있었다.

김천여고 졸업발표회 이후 졸업식에는 이곳의 유지들이 많이 참관했다. 이때 피난민 졸업생인 나에게 많은 관심을 보여준 덕분에 김천서부초등학교에 임시교사로 발령을 받았다. 부임하자 바로 1학년 담임이 되어 연구수업을 맡게 되었다. 교사로서의 자질을 평가받는 첫 수업이었다. 단원은 '손님 놀이'였다.

"여러분, 손님이 오시면 어떻게 인사하지요?" "안녕하세요" "어서오세

> 그저 좋아서 한 일이 다른 사람에게 인정받으면서
> 나에게 새로운 길을 열어주었다. "

초등학교 교사 시절

김천여고 졸업발표회 예술제를 마치고(왼쪽 음악선생, 오른쪽 교감, 교장)

요” 하면서 인사하기, 글쓰기 등 손님 앞에서 노래하고 춤추기 등으로 손님
을 맞이하는 손님방을 차려놓고 수업을 마쳤는데 수업종료 종이 울리지 않
아 다시 한 번 반복한 기억도 남아 있다. 이때에는 율동, 무용을 가르치는
교사가 많지 않아 내 수업이 시선을 끌었던 것으로 보인다.

대구여중 교사를 시작으로
외길 인생 걷다

김천에서의 피난 생활도 정리할 때가 되었다. 피난민들이 서울로 환도하
기 시작한 것이다. 우리 집도 서울로 돌아갈 준비에 바빴다. 이때 금릉군

아천초등학교에 발령받은 나는 가족과 헤어져 나홀로 남을 것인가, 부모를 따라갈 것인가 고민에 빠졌다. 이것이 내 운명을 가리는 결정적인 순간이 될 줄은 미처 몰랐다.

아천초등학교는 김천에서 30분 정도 버스나 기차로 가야하는 곳이었다. 고민의 결과는 나에게 주어진 행운의 길을 계속 달려가겠다는 것이었다. 그러니까 가족과 함께 환도하기를 단념한 것이다. 나는 혼자 짐을 싸고 외롭게 시골 아천으로 옮겼다. 마침 학교 옆 초가집 자취방을 함께 쓸 여교사가 있어 그렇게 외롭지만은 않았다.

금릉군 교육청에서는 대구 율동강습에 참가할 교사를 추천하여 파견했다. 이때에 서울에서 내려온 유명한 체육, 무용 교사들이 대구에 내려와 지도를 하게 되어 있었다. 당시 강사는 일본여자체육대학 졸업생인 임성애, 정송자, 이봉년 등이다. 나는 금릉군 대표교사로서 제일 앞에서 열심히 배웠다. 강습을 마치고 나면 전달강습이 있는데 교육청 주최로 금릉군 여교사들이 모두 참가했다. 직지사 대웅전 앞 계단 위에서 나는 지도하고 그 아래 마당에서는 초등학교 여교사들이 모두 모여 열심히 내 동작을 따라하며 배웠다. 그 금릉군 여교사들은 흥미 있게 새로운 교재를 습득하느라 땀을 흘렸다. 내가 초등학교 임시교사의 자격을 벗지 못하고 있을 때, 마침 준교사 자격시험이 있다는 통보를 받았다. 무자격 교사를 위한 검정고시였다. 과목은 보건, 음악, 국어였다. 나는 어려서부터 책상 앞에 앉아 공부하는 것보다 놀기와 운동을 좋아했고 월남한 뒤로 6·25전쟁을 겪으며 집에서 밥 짓기, 빨래 등 피난 살이에서 새로운 삶의 터전을 개척하느라 제대로 공부에 몰두할 처지가 못 되었다.

이제는 사정이 달라졌다. 집안 살림의 짐을 덜고 내 길을 개척하겠다고 나섰으니 내가 정신을 똑바로 차리고 독립된 생활에서 공부를 철저히 해야

했다. 나는 밤에 졸음이 밀려오면 마당에 나가 펌프질로 물을 받아 세수하고 앉아서 나무작대기로 땅바닥에 글씨를 쓰면서 외우고 또 외우며 읽고 쓰기를 반복했다. 삶과 죽음의 갈림길인양 절박한 마음으로 공부를 파고들었다. 다행히 이러한 노력의 결과 시험에 합격했다는 소식을 들었을 때는 감격하여 만세를 부르고 싶었다. 여기서 자신감을 얻어 곧이어 중학교 체육 준교사 자격시험에도 도전해 합격했다. 남들보다 뒤쳐진 만학. 그러나 끈기로 땀 흘린 보람이 있어 학업의 문을 열 수 있었다. 전란의 고난 속에 하늘이 내려준 은혜로 받아들이고 싶다.

중학교 체육 준교사 고시검정에 합격한 나는 하늘을 나는 듯했다. 피난 생활이 끝났을 때 가족과 함께 상경하기를 포기하고 나만의 길을 선택한

대구여자중학교 교사 시절 체육대회를 마치고

나의 고집은 '잘한 것'이라고 생각했다. 평생을 통해 '외길을 걷고 싶다'는 나의 다짐은 이때부터 시작된 것이다.

검정고시 합격 이후 대구여자중학교에 발령을 받고 부임했다. 대구여자중학교는 문교부지정 체육과목 시범연구 지정학교였다. 운동장 기슭에 자리 잡은 체육관은 소녀들의 꿈을 키워주기에 충분했다. 여학생 건강은 어떻게 이루어지는 게 바람직한가의 주제를 놓고 다양한 연구가 시작되었다. 때로는 경북대학교 사범대학 교수 팀 그리고 경상북도 김정묵 체육장학사 팀이 수업을 참관했다. 건설적인 의견을 교환하는 기회이기도 했다.

경북대학교 사범대학 체육과의 최영호 교수는 당시 한국체육학계의 중진으로 영향력이 큰 인물이었다. 그는 경북여성 교양회를 조직하여 어머니

효성여자고등학교 교사 시절 예술제를 마치고

로 구성된 건강 리듬체조 팀을 서울 전국체육대회에 참가시켜 발표하게 함
으로써 크게 감동을 주었다. 나는 선배 교수가 리듬체조를 지도할 때 사용
하는 음악을 담당하여 어디에 가나 빠질 수 없는 중요한 역할이었다. 서울
시청 앞에서 감격적인 시가행진을 벌이는 행운을 누리기도 했다. 그 시절
에 대구 어머니들이 상경하여 서울 운동장에서 발표한 것은 획기적인 것이
었다. 최영호 교수는 헬싱키올림픽부터 참가한 선도적인 지도자였다. 리듬
체조지도는 임성애 교수가 담당하였으며 분홍치마저고리를 입고 현대적인
리듬체조를 하는 대구 어머니들의 모습은 한국의 어머니를 상징하는 그 감
동과 흥분을 모두에게 줄 수 있었다. 또 김정묵 교수는 오랫동안 경상북도
체육장학사를 지냈던 분으로, 무자격 교사였던 나를 초등학교 준교사, 중
학교 체육교사로 이끌어 준 은인이기도 하다.

무용지정수업이 있을 당시, 내가 지도하는 분단별 창작수업이 전국에서 모인 교사들에게 좋은 평가를 받았던 것으로 알고 있다. 중간 놀이시간에는 전교생이 운동장에 나와 다같이 율동체조를 실시했는데 전교생이 손을 잡고 크게 원형을 만들며 행진하는 율동으로, 내가 교단 위에 올라가 시범을 보인 것이 좋은 평가를 받게 된 이유였다. 이와 같은 창의적인 지도활동이 훗날 상명여자사범대학 체육교육과 학생들에게도 좋은 반응을 보여 신뢰를 쌓게 되었다.

끊임없는 도전과 성취로 얻은
국가고시합격

어느 날 최영호 교수가 나에게 물었다. "왜 대학에 진학해서 공부를 계속할 생각을 하지 않느냐"는 질문이었다. 나는 대학에 가서 공부할 시간도 없고 할 필요도 느끼지 않는다고 대답했다. 대학을 졸업하지 않아도 내가 할수 있는 일을 충분히 할 수 있다고 믿었기 때문이다. 때로는 대학을 나온교사보다 더 잘 할 수 있다는 오만에 가까운 자신감도 있었다. 이에 대해 최 교수는 "그것은 아니다"라고 단호하게 말했다. 그 말씀이 내 삶에 중요한 지침이 되었기에 감사하게 생각한다.

최 교수는 말하는 것에 그치지 않고 나를 서울로 데려가 경희대학교 체육대학의 김명복 학장에게 소개하면서 "장래가 유망하니 공부 좀 시켜 달라"고 부탁했다. 지금 생각하면 나의 운명을 바꾸어 놓은 은인이었다. 지도자의 역할과 리더의 힘이 얼마나 중요한지를 일깨워주고 나를 오늘에 이르도록 지켜주며 지치거나 포기하지 않고 도전의 삶을 살아갈 수 있도록 이끌어준 참 스승이었다. 그 분의 정신을 이어받아 나도 존경받는 지도자로서, 삶의 멘토로서 제자들의 길잡이가 될 수 있도록 마지막 순간까지 혼신의 노력을 다할 것을 다짐하곤 한다.

최 교수의 인도로 대학공부를 해야 하겠다는 결심을 했지만 대구여중에서 교사로 근무하면서 서울에 올라가 경희대학교에서 강의를 듣고 학점을 취득한다는 것은 결코 쉬운 일이 아니었다. 이 소식을 듣고 서울에 계신 친정아버지가 등록금을 매학기마다 납부하여 주셨다. 그 당시 여자체육학과 학생들은 등록금이 반액이었다. 그것을 보면 경희대학교에서 여성체육 지도자 양성에 얼마나 일찍이 심혈을 기울이고 있었는지 알 수 있다.

교직생활을 하면서 대구에서 서울까지 통학하기도 어려운데 졸업학기를 앞두고 이제까지 없었던 국가 학사고시 자격시험제도가 생겼다. 전국의 대학들이 초긴장 상태에 들어간 가운데 졸업 예정자들은 몹시 당황했다. 전공 학과별로 강습소가 생기는 등 혼란의 해프닝이 일어났다. 시험 전공과목은 체육이론, 자연과학개론, 국어, 영어였다. 나 같은 엉터리 졸업생을 걸러내기 위한 제도임이 분명했다. 그동안 충실하게 출석한 것도 아니므로 실력이 부족할 건 당연한 이치였다.

이때 비상대책으로 만난 팀이 훗날 체육청소년부 장관을 역임한 정동성 팀이다. 우리는 학교 근처의 하숙집에 모여 밤새도록 공부하였다. 특히 전공과목의 예상문제를 놓고 문답, 토의하는 전 과목 시험 준비였다. 이론 과목은 그 범위가 대단히 넓은 만큼 더욱 철저히 준비해야만 했다. 이때 나는 태어나서 처음으로 잠을 쫓는 약까지 먹어보았다. 지난 날 어려서는 놀기만 즐겨했고 그리고 죽음의 38선을 넘어 이북에서 내려와 피난 생활을 할 때는 공부를 아예 잊고 살았다. 이처럼 고달픈 일상 속에 초등학교, 중학교 교사 검정고시를 거쳐 이제 대학 졸업을 위한 국가 학사고시를 통과해야 하는 중요한 고비에 선 것이다. 이것도 나의 숙명적인 과정이라고 해야 할까. 아무튼 이는 인생의 시험이기도 했다.

드디어 각 대학 졸업 예정자들이 모여 체육계열은 고려대학교에서 시험을 보았다. 나는 전심전력으로 나의 역량을 모두 쏟는다는 각오로 시험에 임했다. 그리고 또 한 번 간절히 기도를 드렸다. 수업도 제대로 받지 못한 시골 학생이 이 시험을 통과한다는 게 가당하기나 한 일인가. 어려울 때면 항상 매달리는 기도에도 한계가 있을 터. 나는 '열 번 찍어 넘어가지 않는 나무는 없다' 는 확신이 생기자 불안이 사라졌다. 이 경우 목적달성을 위해선 모든 수단을 총동원해야 한다. 38선도 넘었는데 이까짓 시험이야 무슨 문제인가 싶었다.

시험이 끝난 뒤 학과 교수로부터 연락을 받았다. 걱정하지 않아도 될 것 같다는 격려 메시지였다. 대학 학적과에 가서 졸업증명서를 떼어 보았다. 국가고시합격자라는 별도의 도장이 찍혀 있었다. 이때 고등학교 2급 정교사 자격증도 함께 받았다. 남쪽으로 내려와서 나 스스로와의 피나는 투쟁에서 승리를 거둔 거라 기쁨은 더했다. 나는 바로 효성여자고등학교로 발령받았고, 이곳에서 전국체육대회 마스게임을 선보여 인정을 받았다. 더불어 이것이 상명대학교로 진출할 수 있는 기반이 되었다.

역경을 딛고 한 걸음 한 걸음 성공의 계단을 오르는, 그런 기분이었다. 이러한 도전과 성취는 나의 평생을 통틀어 한 번도 멈춘 적이 없다.

중학교 교사 시절

중학교 교사 시절

고등학교 교사 시절

효성여자고등학교 교사 시절 예술제를 마치고

상명 상아탑에 오르다

세 번째 이야기

상명 상아탑에
오르다

목표가 흔들리지 않고
분명하다면 그 길에 전력투구하며
혼을 쏟아 붓는 것이다.

배상명 박사와
운명적인 만남

잔 다르크와 같은 철의 여인, 먼 훗날을 내다본 혜안의 리더, 상명대 설립자 배상명 박사는 한마디로 시대를 앞서 간 거인이었다. 내가 그를 만난 건 천재일우千載一遇의 행운이었다. 역사적인 운명의 만남은 1962년 대구 종합운동장에서 열린 제48회 전국체육대회 개회식에서였다. 당시 나는 대구효성여자고등학교 교사로 마스게임 지도를 맡았다. 약 2,000명으로 구성된

'재건의 꽃동산' 마스게임이었다.

효성 마스게임은 재건의 바퀴가 돌아가며 꽃동산을 이루고 재건의 글씨를 화려하게 운동장에 수놓는 것으로 두 수레바퀴가 돌아갈 때 마스게임은 절정을 이루었다. 시대 배경도 그러하려니와 2군사령부가 대구에 있었기 때문에 군인들도 우리의 묘기를 보고 깜짝 놀라 칭찬의 박수갈채를 보내주었다. 이처럼 성공적으로 시연을 마치고 단상에 올라가 박정희 대통령과 악수하는 영광도 있었다.

그때 나는 짧은 흰 주름치마에 푸른색 티셔츠에다 모자를 쓰고 지휘대에 올라섰다. 오른팔을 높이 올렸다 내리며 나의 지휘에 맞추어 학생들은 질서 정연하게 입장하고 마스게임을 펼칠 때 꽃으로 장식한 붉은 카네이션의 꽃동산, 재건의 바퀴가 입체적으로 돌아가고, 마치 기하학의 절정인양 재건의 글씨가 펼쳐진 그 순간은 무엇과도 바꿀 수 없는 성취감 그리고 행복감 바로 그것이었다.

이때 전국 중·고등학교 교장회의가 문교부 주최로 경북 해인사에서 열려서 배상명 교장을 비롯하여 5·16 혁명을 이끌었던 박정희 대통령은 최고사령관 군복차림 그대로 참석하여 본부석에서 우리를 격려하여 주었다.

나는 마스게임을 누구에게도 배운 적이 없다. 구체적인 지도방안에 관하여 참고해야 할 자료도 너무 빈약했다. 더구나 강당이나 체육관에서 지도하는 것보다 운동장의 넓은 공간에서 학생들을 지도하려면 확고한 통솔력과 체계적인 지도방법이 없으면 효과를 기대할 수 없는 게 사실이다. 특히 대형의 변화에서는 학생들의 위치, 학생의 숫자에 의한 배열 그리고 기하학적인 구도를 형성해야만 성공할 수 있다.

집단적인 활동과 음악에 의한 통일된 동작은 종합적인 스포츠 교육활동으로, 지도자는 독창적인 아이디어와 과학적인 설계가 필수조건이다. 특히 교장 이하 전 담임의 적극적인 협조와 지원 없이는 불가능하다. 효성여고의 홍승항 교장은 인자하고 새로운 것에 대한 의욕이 넘치는 분으로 항상 새로운 활동이나 작품을 주문하곤 했다. 그러므로 언제나 운동장에서 내가 지도할 때는 이를 옆에서 지켜보면서 전 교직원이 운동장에 참석하도록 격려해주었다. 따라서 전국체육대회 마스게임의 성공은 교사 모두의 자랑스러운 업적이라고 할 수 있다. 그러나 그 뒷면에는 지도자의 역할은 이루 말할 수가 없을 정도로 힘든 고난의 과정이 있었다. 지금 생각해보면 도저히 할 수 없었던 것을 가능하게 했다고 말할 수밖에 없다.

어느 날 연습을 마치고 운동장 한쪽에서 휴식하고 있는데 코에서 이상한 냄새가 났다. 어른들 말씀에 고생이 심하면 단내가 난다고 했는데, 내가 그것을 경험한 것이다. 하지만 나는 이 경험을 누구에게도 말하지 않았다.

1964년 가을, 효성여고 강당에서 수업을 하고 있는데 누군가 찾아와 전하는 말이 배상명 교장이 찾으니 서울로 곧 올라오라는 것이다. 나는 그 자리에서 배상명 교장은 전혀 알지도 못한 분이니 사람을 잘못 찾아왔다고 거절하였다. 그러나 그 분은 자기 어머니라도 꼭 뵙기를 원하였다. 말을 전해준 사람은 당시 대구에서 유명한 경북산부인과 원장 김총직 박사와 부인 박경식 여사의 아들이라고 했다. 박경식 여사는 나에게 배상명 교장은 알려진 대로 덕망뿐 아니라 인재를 널리 구하고 잘 쓰는 능력이 출중한 분이라고 소개해 주었다. 그리고 서울로 올라갈 것을 적극 권하였다. 이때의 만남이 결국 이듬해 대학 교수로 부름을 받는 계기가 되었다.

1965년 3월, 배상명 교장은 상명여자사범대학에 가정교육과, 미술교육과, 체육교육과를 설립하면서 체육교육과 초대 학과장으로 나를 특별채용하였다. 그러나 '과연 내가 제대로 할 수 있을까?' 라는 두려움과 긴장의 연속이었다. 상명여자사범대학은 용산 삼각지에 유치원, 초·중·고등학교

교육훈장을 받은 배상명 설립자와 함께

배상명 설립자와 함께

배상명 설립자가 대통령 표창을 받은 후 청와대에서 박정희 대통령과 환담하는 모습
(왼쪽부터 배상명 박사, 방정복 상명 대학교 총장, 영애 박근혜, 박정희 대통령)

와 한 울타리에 있었다. 독립된 대학건물도 없이 체육관은 고등학교 농구부 연습장으로 항상 분주하고 복잡하였다. 떠돌이와 같은 신세라 힘들게 쌓아 올린 지난 날의 경력과 정성이 혹시 물거품처럼 사라지는 건 아닌가 하는 두려움과 불안에 휩싸였다.

대학설립 당시 가정교육과가 8:1 경쟁률을 통해 30명을 선발했고 미술교육과는 3:1의 경쟁률로 30명을 선발한 반면 체육교육과는 여자체육대학에 대한 인식부족과 홍보부족으로 가까스로 30명 정원을 넘겼다. 따라서 학교 측에서는 체육교육과보다 가정교육과, 미술교육과에 관심과 기대가 높을 수밖에 없었다. 배상명 학장 의욕에도 불구하고 체육교육과에 대한 어떤 요구도 관심도 없었다. 그때의 내 심정은 허무와 실망뿐이었다.

이때 나는 비상한 각오를 했다. 어떤 결단과 선택이 필요했다. 체육교육과에 대한 깊은 관심과 지원을 요구하든가 아니면 더 늦기 전에 이 대학을 떠나 또 다른 나의 길을 개척해야 하겠다고 결심했다. 1965년 2학기가 끝날 무렵이다. 나는 절실한 심정으로 배 학장과 면담을 신청하여 솔직한 내 뜻을 밝혔다.

"학장님, 이제 체육과가 첫 출발한지 1년이 다 되었습니다. 그동안 학생이 무엇을 어떻게 배우고 실습했는지, 제가 어떻게 지도했는지 강의를 참관하고 평가해주셨으면 좋겠습니다." 이 대담한 요청에 학장은 "그래요. 그동안 몇 가지를 얼마나 지도했는지 보겠습니다. 수도여자사범대학(현 세종대학교) 체육과는 서울대학교보다 잘 가르치고 취직도 잘 된다고 하는데 우리는 어떨 지 어디 좀 봅시다"라고 했다. 그 자리에서 나는 "서울대학이든 수도여자사범대학이든 어느 쪽이 잘하는지 3년 후면 판가름 되는 것 아니겠습니까?"라고 당당하게 대답했다.

그때의 공개강의는 가정교육과, 미술교육과 전교생과 전 교직원 그리

상명여자사범대학 교수 시절, 구기동 자택에서 졸업생들과 함께
❶ **이임선** 진주대 교수 ❷ **최경희** 1994년 나이로비 에어로빅스 단체경기 1위 ❸ **이미자** 미국 체류 ❹ **김희숙** 영남대 교수
❺ **심길보** 미국 체류

고 그 외 부속기관의 체육교사들이 함께했다. 공개강의 시작에 앞서 무대 위에서 마이크를 잡은 나는 체육교육과의 지도목표와 미래전망에 관하여 솔직하게 말했다.

　"여러분! 이제 상명여자사범대학 체육교육과가 일류대학이 되느냐, 삼류대학이 되느냐는 이 순간부터 우리 노력에 달려있습니다! 다른 대학에서 한 시간 공부하면 우리는 열 시간 하면 되고 다른 대학에서 걸어가면 우리는 뛰어간다는 자세로 열심히 최선을 다하면 됩니다. 그래야만 다른 대학을 앞서 갈 수 있으며 우리 대학의 전통을 우리가 만들어 가야 하는 것입니다!"고 힘주어 말했다. 이어 "사범대학이란 지도자를 양성하는 곳이니 여러분들은 중·고등학교의 체육교사가 되려면 그야말로 사명감을 갖고 더욱 열심히 해야 합니다!"라고 소리쳤다.

이어 녹음기를 틀면서 '신체기본훈련'에 이어 피아노를 치면서 '모방놀이 표현'을 하고 북을 치며 '그룹별 창작과정' 그리고 '다같이 손잡고 세계민속무용' 등 다양한 과정의 공개강의가 진행되었다.

체육교육과 1회 졸업생들은 그때 정말 열심히 연습을 반복하며 땀 흘렸다. 나는 학생들에게 기회가 있을 때마다 말했다. "여자 체육전공 학생들의 위상을 높여야 한다! 이제 우리들의 자존심을 살려야 할 기회가 왔다!" 학생들은 여기에서 인정을 받지 못하면 아무것도 할 수 없다고 생각했는지 내 말을 심각하게 받아들였던 것 같았다.

웬일인지 그렇게 냉정하고 엄하였던 학장의 얼굴에 미소가 보였다. 만족한 표정이었다. 그리고 우리를 매우 자랑스럽게 여기며 다른 교직원들에게 "빨리 와서 보라"고 권했을 정도였다. 나는 그 순간 이렇게 생각했다. "지성이면 감천이라더니 정성과 진실을 다 쏟으니 역시 통하는구나!"

나와 학장은 학교발전을 위한 것이라면 방법은 달라도 목표는 같았다. 비록 방법에 차이가 있을 지라도 목표가 흔들리지 않고 분명하다면 그 길에 전력투구하며 혼을 쏟아 붓는 것이다. 그 과정의 몰아치기와 밀어붙이기가 중요한 것이다. 더구나 우리 대학생들을 위하여 헌신하는 마음이라면 반드시 그 보람을 찾게 될 것임을 믿고 있었다.

'불가능은 없다'
서울지역 순위고사 전원 합격

1968년 체육교육과 졸업생부터 순위고사에 합격해야 중·고등학교 체육교사로 발령할 수 있다는 제도가 새로 생겼다. 그러므로 우리 대학은 초 긴장상태에 들어가 교직과목을 위한 특강, 체육이론 그리고 각 경기종목마다의 실기고사 준비에 전력을 다했다. 이 제도는 전국 지역별로 실시되었지만 모두 서울지역을 희망할 게 당연했다.

처음으로 각 대학의 실력경쟁이 시작된 것이다. 나는 고등학교 3학년 과외수업을 하는 분위기로 체육이론과 실기시험 등 영역별로 지도에 나섰다. 교직과목은 전체특강에 출석시키는 것으로 최선을 다했다. 특히 실기

1967년 설립 초기 배상명 학장, 학과 대표들과 함께

과목은 시험대상별 종목에 따라 개인지도를 실시했다. 상명여사대 체육교육과 30명 졸업 예정자 중 5명 정도 합격한다면 다행이라고 생각했지만 졸업 예정자 전원이 순위고사에 지원하겠다고 희망했기 때문에 그대로 밀어붙일 수밖에 없었다. '불가능은 없다'는 배상명 학장의 교육지침에 따라 우리는 그 실천을 위하여 최선의 노력을 다했다고 자신 있게 말할 수 있다.

드디어 합격자 발표일이 되었다. 지원자들은 시청 앞 게시판 발표현장으로 갔다. 봄바람이 쌀쌀하게 불던 그날, 나는 체육관에서 초조하게 소식을 기다리고 있었다. 웬일인지 전화벨이 울리면서 "교수님! 우리들 번호가 다 있어요!" 나는 "불합격자 번호가 붙은 거 아니냐!"며 자세히 보라고 소리쳤다. 재확인 결과 우리 졸업 예정 지원자 전원이 합격했다는 것이다. 최선은 항상 승리한다고 했던가. 우리는 열성을 다하여 정성껏 준비한 결과 순위고사에 대성공을 거둔 것이다. 이후 나는 체육교육과와 관련한 경쟁에서는 항상 자신감을 갖게 되었다. 그 뒤로 2회, 3회, 4회, 5회 서울지역 전원 합격의 성과는 해마다 계속되었으며 경기도 지방까지 확대되었다.

배상명 학장! 그 분은 초창기 대학 발전을 위하여 불가능을 가능하게 이끈 카리스마의 냉철한 지도자였다. 그 높은 언덕을 계속하여 앞만 보고 달리도록 쉴 새 없이 나를 격려하고 지휘하였다.

우리나라
최초의 퍼레이드

1966년 봄 나는 교수실에서 한 통의 전화를 받았다. 한국걸스카우트 본부의 김옥라 간사장과 윤용자 총무였다. 나는 대구여중 교사시절 걸스카우트 지도자로 활동하면서 여러 가지 프로그램에 적극 참가한 경험이 있어 이들과는 유대가 깊었다. 걸스카우트 야영 캠프와 대집회를 통한 게임놀이 등은 청소년 지도와 체육활동에 많은 도움이 되었기 때문이다. 특히 김옥라 간사장은 걸스카우트 지도자로서의 품격이 훌륭하였을

대구 걸스카우트 지도자 훈련 때의 모습(왼쪽 두 번째 이영숙 교수)

뿐만 아니라 그 매력에 몰입되었다. 윤용자 총무의 능력 있는 지도력도 감동적이어서 나는 열심히 걸스카우트 지도에 적극 참여했었다.

그들의 요청은 걸스카우트와 보이스카우트가 함께 전국적인 규모의 전진대회를 갖게 되는데 미국에서 보듯 퍼레이드 팀이 전진대회 선두에서 행진하며 묘기를 펼치는데 참여해주기를 요청하는 것이었다. 이러한 계획은 한국보이스카우트연맹의 김종필 총재의 아이디어라고 했다. 미국에서는 경축일 때 VIP 인사들이 훈장을 가슴에 달고 웅장하게 행진하며 시위하는 광경이 인상 깊어 한국 걸스카우트 본부에 요청했다고 한다.

"우리나라에서는 처음이지만 이영숙 교수라면 할 수 있다고 꼭 믿어요."

상명여사대 학생들로 구성하여 시도해 보라고 간곡하게 부탁하였다. 나는 그때까지 퍼레이드라는 용어도 처음 들었지만 듣지도 보지도 못한 것을 어떻게 할 것인가? 막막하기만 하였다. 그러나 나는 전화통화에서 "그 효과로 상명여사대 학교 홍보를 할 수 있을까요?"하고 물었다. 윤용자 총무의 말로는 서울운동장에서 열리는 전국 전진대회에서는 박정희 대통령을 모시고 결단식을 마친 후 행진하는 것이며 군악대가 퍼레이드 팀을 지원할 것이라고 했다.

내 머리에는 말로만 듣던 미국 퍼레이드 장면이 떠올랐다. 가정교육과, 미술교육과, 체육교육과 학생 중 체격과 용모가 가장 뛰어난 학생 25명을 선발하고 마스터를 체육교육과 강선희 학생으로 정했다. 미국 퍼레이드에서는 바통을 들고 돌린다고 하는데 우리에겐 그런 기구도 복장도 없었다. 교내 목공소에서 나무로 작대기를 만들어 색칠하고 수를 달아 장식했다. 복장은 사관학교 학생들의 모습을 연상하여 준비했다. 방정복 상명부속학교 교장이 직접 동대문시장에 가서 빨간색 윗도리, 짧은 흰 주름치마 등의 옷을 구입해주어 제작할 수 있었다. 모자, 구두 등은 마침 육군본부가 삼각지에 있었으므로 도움을 받을 수 있었다. 한국 퍼레이드 팀을 창안하기 위하여 독자적인 아이디어를 짜냈다.

드디어 서울 동대문운동장에서 전국에서 모인 한국걸스카우트, 한국보이스카우트 대원들, 임원들, 각 지역 도지사 및 교육감 등이 집결한 가운데 입장식이 열렸다. 우리는 상명여사대 한국걸스카우트 연구대의 표시판을 들고 퍼레이드 팀의 선두에서 본부석을 향하여 행진을 시작했다. 군악대의 웅장한 밴드에 맞춰 지도자의 호각소리와 함께 그동안 연습한 퍼레이드 연기를 연출하며 본부석 앞에서 여러 가지의 대형을 만들어 행진 마스게임과

한국 퍼레이드 팀의 첫 출발은 사회의 이목을 집중시켰다.

한국의 첫 퍼레이드 팀이 종로 네거리를 시위하고 있는 모습(1967년)

광화문을 지나 옛 중앙청사로 향하고 있는 상명여사대 퍼레이드 팀

같은 형식으로 진행했다.

상명여사대 퍼레이드 팀의 첫 발표, 한국 퍼레이드 팀의 첫 출발은 이렇게 감동적인 모습으로 사회의 이목을 집중시킨 가운데 크게 히트할 수 있었다. 결단식을 마친 뒤 군악대를 앞세우고 을지로 6가에서부터 광화문 그리고 중앙청까지 행진했는데 직장인들은 빌딩의 창 너머로 보고 길가의 시민들은 처음 보는 이 광경을 흥미 있는 구경거리로 인산인해를 이루었다. 퍼레이드 팀 뒤에는 김종필 총재를 비롯하여 전국의 교육감 및 간부들이 단복을 입고 대원들과 함께 행진함으로써 장관을 연출했다. 그때 방정복 교장 등 교직원들까지 신이 나서 그 긴 행렬을 따라 걸었다.

그 이후 한국걸스카우트 김옥라 간사장 외 임원들을 한국보이스카우트 김종필 총재가 워커힐에 초대하여 축하회를 가졌다. 김 총재는 이 자리에서 전진대회를 앞으로 인천, 대전, 대구, 부산 등 도시로 확대발전시키는데 상명여사대 퍼레이드 팀이 함께해 줄 것을 당부했다. 이로써 상명여사대 퍼레이드 팀은 기대했던 대로 전국적인 홍보가 함께 이루어졌다. 그리고 전국순회 때마다 김종필 총재가 함께하여 자신의 예술관과 재능 그리고 문학에 대한 해박한 지식을 대학생들에게 전함으로써 그 인기는 최고에 이르렀다.

이와 같은 인기와 더불어 전국을 순회할 수 있었던 것은 퍼레이드 팀의 숨은 노력과 훈련이 있었기에 가능하였다. 행진할 때의 그 멋진 연기는 나의 통솔에 따른 연습과 질서가 있었기 때문에 가능하였다. 나는 언제나 퍼레이드 팀에게 시선을 집중하고 지시하였고 늘 긴장의 연속이었다. 지방에서 퍼레이드가 진행될 때 갑자기 장마비가 쏟아졌다. 상명 퍼레이드 팀은 대열에 흐트러짐이 없이 그대로 비를 맞으며 더욱 신나고 멋있게 행진하면서 바통을 흔들고 돌리며 시위를 계속하여 한국보이스카우트 임원들을 탄

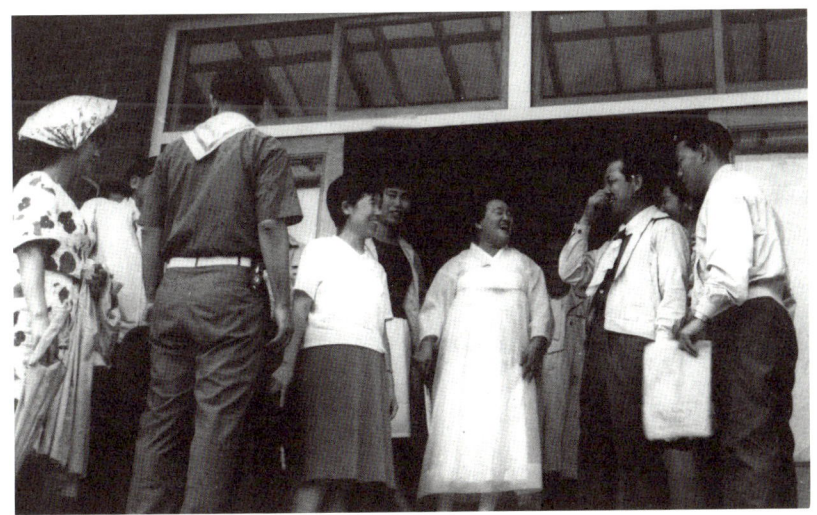

복하게 하였으며 그들은 칭찬을 아끼지 않았다. 그리고 그 행사를 훌륭하
게 잘 마칠 수 있었다.

　배상명 학장은 퍼레이드 팀의 성공과 그동안의 노고를 위로하는 자리
에 김종필 총재를 비롯한 한국걸스카우트 임원들을 천마산에 초대했다. 이
자리에서 나는 깜짝 놀랐다. 배 학장이 불쑥 "김종필 총재, 우리 이영숙 교
수를 미국에 보내주세요"라고 요청한 때문이다. 미국에 가보지도 않았는
데 퍼레이드를 그렇게 잘했으니 현지에서 좀 더 공부하면 더 훌륭한 팀을
만들어 국가적인 행사에 참가할 수 있지 않겠느냐는 뜻이다. 김 총재는 그
자리에서 "예, 그렇게 하겠습니다"라고 흔쾌히 수락했다. 그 덕분에 나는
미처 생각해 보지도 못했던 미국 유학의 길이 열렸다.

　1967년 미국 뉴욕의 휜치Finch 대학으로 떠나는 날, 김포공항에서 가족은 물론 학교의 여러 어른들, 친지분이 나와서 나에게 축하와 격려를 보내 주었다. 이후 내가 귀국하여 전국체육대회 그리고 8·15 기념행사 등에 참가할 때는 한 단계 레벨업 된, 보다 전문적인 퍼레이드 팀의 또 다른 모습을 보여줄 수 있었다.

이것이 계기가 되어 지방의 중·고등학교에서는 퍼레이드 지도교사로 상명여사대 체육교육과 졸업생을 채용하는 등 당시 취업률이 어느 대학보다 높았다. 이후 나는 체육교육과 교과과정에 "지도자 훈련"의 과목을 신설하여 야영훈련과 게임을 중심으로 한 한국걸스카우트 지도자 훈련과정을 체득할 수 있는 기회를 제공하여 주었다. 이후 졸업생들은 중·고등학교 교사가 되어 오랫동안 걸스카우트 지도자로서 일선 학교에서 많은 역할을 담당하고 있었다. 그 중 상명대학 김종희 교수가 그동안의 노하우로 한국 걸스카우트 연맹의 총재 대행을 하고 있다는 소식을 들었다. 오랫동안의 결실이 이렇게 이루어진 것은 결코 우연한 일은 아니다.

어머님과 함께 석사학위 졸업식 날

배상명 설립자가 대통령 표창을 받은 후 청와대에서 박정희 대통령과 환담하는 모습
(왼쪽부터 배상명 박사, 방정복 상명 대학교 총장, 영애 박근혜, 박정희 대통령)

미국 휜치대학에서 수학 후 김포공항에서 환영해준 제자들과 아들 동일이

미국에서 처음 만난 에어로빅댄스

미국에서 처음 만난
에어로빅댄스

하나의 성취를 이루고 나면
그 다음 새로운 미션이 이어지고,
행운은 연결고리처럼 계속 이어진다.

학문의 갈망으로
태산에 오르다

나는 17세에 이북에서 월남하여 6·25사변을 거치면서 정상적인 학창시절을 갖지 못했다. 따라서 스승과 선배로부터 학문의 체계적인 습득은 물론 세계의 새 조류에 대한 어떤 새로운 정보를 지속적으로 얻기가 쉽지 않았다. 그러므로 나는 항상 선진국인 미국대학에서 여성체육교육에 관하여 연구하고 싶은 갈망이 있었다.

더구나 상명여사대의 첫 학과장을 맡은 사명감과 책임감은 곧 중압감으로 나타나 마치 자동차를 처음운전하는 것 같은 불안한 느낌이 들었다. 학생들을 어디로, 어떻게 이끌고 갈 것인가? 어떤 것이 효과적인 지도방법인가? 이런 질문이 머리에서 떠날 때가 없었다. 상명학원 설립자인 배상명 학장은 늘 불가능이 없다는 개척정신으로 돌산을 깨어 상명대학교 캠퍼스를 지었다. 그 분은 따뜻하고 유머가 풍부하면서도 한편으론 냉철하고 엄격했다. 그렇기 때문에 나는 나란 존재는 과연 무엇이며 상명학원에 어떤 기여를 하고 있는가, 내 자신에 대해 냉정하게 질문을 할 수밖에 없었다. 대학발전을 위해 의욕을 가져야 함은 물론 어떤 어려움이 있어도 성과를 내야만 했다. 자하문 고개 너머 높은 언덕 위의 학교를 쳐다볼 때마다 나는 항상 긴장했다. 그리고 이 언덕을 오르내리면서 38선을 넘었던 그 정신으로 만난萬難을 극복한다는 각오를 새롭게 했다. 한 가지 일에 몸을 던져 집중하면 못 이룰 게 없다고 믿었던 것이다.

　어려서 배웠던 시조에 이런 내용이 있다. '태산泰山이 높다하되 하늘 아래 뫼이로다. 오르고 또 오르면 못 오를 리 없건마는 사람이 제 아니 오르고 뫼만 높다 하더라.'

　예로부터 태산은 중국 산동山東에 있는 높고 큰 산으로 알려져 있다. 상명학원이 새롭게 자리 잡은 곳은 인왕산과 북악산 사이를 지나 북한산 끝자락으로 이어진 언덕에 지나지 않는다. 이 정도 오르기를 힘들다고 할 수야 없지 않은가. 어렵고 힘든 목표가 있다면 그것을 향해 한 걸음, 한 걸음 단계를 밟아 나가는 게 중요하다. 그러나 대부분의 사람들은 직접 실천으로 옮겨 보지도 않고서 어렵다는 생각만으로 도중에 포기하거나 기피하려고 한다. 아무리 힘들고 어려운 일일지라도 포기하지 않고 꾸준히 노력하면 필경에는 성공을 거두고야 만다는 교훈인데 바로 나의 길을 말해 주는 것 같기도 하다.

'높이 나는 새가 멀리 본다' 는 말이 있다. 당연한 이치다. 일제통치에 이어 해방과 전란을 겪으며 세계 조류에는 눈을 뜨지도 못한 채 '우물 안 개구리' 를 면치 못했던 당시의 국내체육계와 관련 학계의 답답한 현실에서 그 벽을 뛰어 넘는 길이란 바로 해외진출뿐이었다. 이때 미국이라는 새로운 세상을 통해 세계의 선진문화를 배우고 학문에 깊이 빠지게 된 것은 나에게 큰 행운이며 축복이 아닐 수 없었다.

첫 유학생활
그리고 문화충격

나에게 미국의 길이 열린 것은 1967년 스카우트 전국전진대회 퍼레이드가 계기가 되었다. 하나의 성취를 이루고 나면 그 다음 새로운 미션이 이어지고 행운은 연결고리처럼 계속 이어진다는 사실을 이때 깨닫게 되었다. 문제는 화살과 같은 운명의 흐름과 새로운 도전의 동기를 어떻게 나의 것으로 만드느는 것이었다.

휜치대학은 전 닉슨 미 대통령의 딸도 다녔던 단과 대학으로 학기마다 유럽여행을 하면서 현장에서 강의 받는 과목이 있음으로서 활기차고 즐거워 보였다. 나는 휜치대학의 학장인 로랜드 디말코 박사 Dr. Roland R. Demorco 의 초청을 받았다. 디말코 박사는 그때 한미재단의 총재였기 때문에 나를 부른 것은 여러 가지로 특별한 경우였다. 뿐만 아니라 그때 유엔 한국대표부에 근무 중이던 김운용 참사관이 중간 역할을 잘 하여줌으로써 이 꿈이 이루어진 것이다. 말하자면 훗날 세계태권도연맹을 창설하여 태권도 세계화를 성취한 일등공신인 김운용 총재가 퍼레이드의 중개자이자 보증인이된 셈이다. 오늘에 이르러 태권도 퍼레이드가 국제무대에서도 각광을 받고 있는 것이 결코 우연이 아니라고 생각된다.

이때만 해도 우리나라는 세계의 변방에 지나지 않아서 미국과의 왕래가 그렇게 활발하지 못했다. 비행기 표도 한국에서 구입할 수 없어 미국 초청자가 보내야 하며 숙소까지 제공해 주어야 여행할 수가 있었다. 더구나 나는 비행기라곤 처음 타보는 데다 영어소통에 대한 불안으로 근심과 두려움이 컸었다. 하지만 38선을 넘을 때만큼의 두려움은 아니었다. 그 어린 시절 월남하는 고난도 이겨냈는데, 이 정도쯤이야 웃으며 넘길 수 있다. 태평양 망망대해를 넘어 미국 땅 사막 한가운데 떨어져도 살아갈 수 있다는 자신감도 생겼다.

미국으로 가는 비행의 경로는 일본, 캐나다를 거쳐 3종류의 다른 회사 비행기를 타고 5곳을 경유하는 것이어서 몹시 긴장 되었다. 서울에서 도쿄는 노스웨스트항공, 도쿄에서 밴쿠버까지는 캐나다패시픽항공, 다시 시애틀까지는 유나이티드항공 그리고 시카고와 볼티모어를 경유했다. 이때 제일 어려웠던 것은 시카고-볼티모어 구간이었다. 시카고 비행장은 여러 나라의 비행기가 거쳐 가는 곳으로 그 규모는 놀랄 만했다. 더구나 공항의 출입 게이트가 너무 많아서 찾아가는데 30분 이상 걸릴 정도였다.

해외여행이 처음인 나로서는 불안과 공포 그 자체였다. 나는 체면불구하고 미국 신사 한 사람을 붙들고 도움을 청했다. 그 신사는 내 가방을 들고 앞장서서 약 15분 정도 나를 안내해주었다. 나는 또 한 번 부탁했다. 볼티모어에 있는 동생 집 전화번호를 내놓고 연락해 달라고 하였다. 그는 호주머니에서 동전을 꺼내어 공중전화로 통화를 하더니 나의 질문에 "쉬어!

쉬어"라고 말했다. 내가 알아듣질 못하자 그는 다시 전화를 걸고 나에게 수화기를 바꿔주었다. "야! 영수야. 나 여기까지 왔다." 동생이 "누나! 걱정하지 마세요. 곧 비행장으로 나갈 테니까요"라는 말을 듣고서야 비로소 마음이 놓였다.

나는 '미국사람들은 이렇게 친절하구나. 역시 선진국은 다르구나' 라는 것을 느꼈다. 이어 볼티모어로 가는 게이트 입구에 앉아 승무원에게 나를 꼭 불러달라고 부탁했다. 이렇게 기다리고 있던 중 어떤 남자가 다가왔다. 피부색이 검은 이 청년이 나를 따라오라고 했다. 그때서야 나는 '올 것이 왔구나' 하고 불안했다. 시카고에는 흑인 깡패가 많으니 특별하게 조심하라고 주의를 받은 기억이 났기 때문이다. 그런데 그는 엘리베이터 같은 문 앞에 서서 문을 열고 들어가는 것이 아닌가. 나는 어찌해야 할 지, 숨이 멎는 것 같았다. 나중에 알고 보니 그는 승무원이었다.

나는 볼티모어 비행장에 들어서서 동생과 감격스럽게 만났다. 동생 말을 들어보니 한국 수련 의사들도 여기서 잘못 내려 워싱턴까지 가는 경우도 있다고 했다. 자동차를 타고 뉴욕 시내를 돌아보고 이번엔 여객선을 타고 자유의 여신상을 구경했는데 촌사람의 눈에는 모든 것이 신기하기만 했다. 이때의 감격을 어떻게 표현해야 할 지, 어린 시절 황해도에서 월남하여 서울 남대문에 들어섰을 때의 감격, 그 몇 배의 놀라움이었다.

유엔 대표부로 김운용 참사관을 찾아갔다. 영어가 매우 유창하고 세련된 그는 따뜻하게 휜치대학까지 안내하여 주었다. 그리고 귀빈숙소인 핑크룸에 묵도록 주선해주었다. 화려한 샹들리에와 핑크색으로 장식된 귀빈숙소에서 혼자 있으려니 마음이 편치 않았다. 나는 기숙사에서 다른 학생이나 교수들과 더불어 대학생활을 함께할 것을 원했다.

아침에 식당으로 내려가 보니 학생들이 누룽지 말린 것 같은 식품을 봉

투에서 꺼내어 그릇에 담더니
네모 모양의 종이 박스를 뜯
어 무언가를 부었다. 그 무언
가는 바로 우유였다. 그 종이
박스 우유가 어떻게 밖으로
흘러나오지 않는지 신기하여
한참을 쳐다보았다. 점심시간
에는 서랍 같은 상자에서 뜨
거운 빵이 나오기도 했다. 학
생이 먹다 남긴 고기 덩어리

뉴욕 휜치대학의 베티 로우 교수와 함께

는 쓰레기통으로 마구 버려졌는데, 나는 아깝다는 생각이 들었다.

점심시간에 디말코 학장은 학생 테이블을 찾아다니며 무엇인가 의논하
는 모습이 눈에 띄었는데 이 모습을 보고 나는 많은 생각을 하였다. 한번은
교수회의에서 피아노를 옮기는 문제로 반나절이나 소요되었다고 한다. 휴
게실에 있는 피아노를 다른 곳으로 옮기려는데 학생에게 지시하지 않고 교
수들과 함께 의견을 수렴하려는 것이란다. 그런가 하면 무용, 신체움직임
Dance, Body Movement 베티 로우 Betty Low 교수는 학생 1명, 피아노 반주 교수 1
명, 지도교수 1명으로 강의하는 경우도 있었다. 재즈 피아노 반주자는 피아
노 앞에서 상체를 흔들며 열정적으로 반주하였다. 훗날 한국에 돌아와 무용
시간에 피아노 반주 강사를 초청한 적이 있는데 학장은 1과목 강의에 교수
2명을 쓰는 사람이 어디 있느냐고 야단쳤지만 결국은 허락해 주었다. 초기
에는 피아노 실습시간을 만들어 학생들은 간단한 반주는 가능하게 하였다.

휜치대학은 금요일 오후만 되면 학생, 교수들은 모두 외출하고 텅 빈
학교에 남은 나는 기숙사 담당지도자와 같이 안내접수처에 앉아 구경하는

재미로 흥미롭게 보냈다. 예컨대 남자친구가 찾아오면 기숙사 안내원은 여학생에게 전화로 연락해준다. 그리고 여학생은 아름답게 치장하고 내려와 팔짱을 끼고 외출하는 것이다. 그 시절 한국에서는 볼 수 없었던 여러 모양의 커플 형태가 나로서는 신기한 구경거리였다. 그리고 학교 근처에 있는 센트럴파크에서 주부들이 유모차에 꼬마들을 태우고 와서 산책하는 모습을 보면서 한국에 있는 세 살 된 아들, 동일이 생각에 빠져들었다.

　　어느 날 김운용 참사관이 자택으로 나를 초청해주었다. 키가 날씬하고 머리를 길게 늘어트린 부인이 손수 장만한 저녁을 한껏 즐겼다. 부인은 피아니스트였는데 그 재능을 이어받은 둘째 딸 김혜정 양은 세계적인 피아니스트로 성장하였다. 훗날 대한체육회 회장과 IOC 부위원장을 역임하면서 국제스포츠계를 움직였던 김 참사관의 역량과 공로가 온 가족의 이러한 사랑과 예술적 감각이 있었기 때문에 이루어졌다고 생각된다. 이때의 만남이 나에게는 영광스러운 것이었음은 물론 앞으로 에어로빅스 팀을 한국 초유로 이끌어가는 지도자로서의 생활에 귀감이 되기도 했다.

맨해튼의 퍼레이드는 웅장하고 멋이 있었다. 그 행사는 규모에 따라 차이는 있었으나 미국의 전통적인 퍼레이드로 화려함과 질서가 잘 조화되었다. 특히 시민들이 함께 호응하고 그 분위기에 때로는 열광하는 등 높은 관심을 보였다.

보지도 못하고 말로만 들었던 퍼레이드를 한국에서 지도한 나로서는 이곳에서 퍼레이드가 펼쳐질 때마다 다양한 행렬을 카메라 안에 담고 귀중품으로 보관하였다. 특히 바통을 돌리며 묘기를 보이는 선두자는 우수자에 따라 학교에서 장학금을 지급하고 스카우트를 하기 때문에 인기가 높다고 하였다. 그때 본 퍼레이드 유니폼은 색깔과 스타일이 특이할 뿐만 아니라 위치와 역할에 따라 특징이 있었다. 그리고 카퍼레이드는 자동차를 장식하는 아이디어에 따라 화려한 모습으로 퍼레이드의 의미를 잘 나타나게 하는 방법이 되고 있었다.

나는 귀국하여 또 다른 형태의 퍼레이드 팀을 구성하여 8·15행사 때 광화문으로 향했다. 이때 군에서 사용하는 긴 트레일러 2대를 의미 있게 장식하여 퍼레이드 팀과 잘 조화를 이루어 바통 돌리기, 스카프 흔들기 등 과거보다 새롭게 구성하여 발표하였다. 이때부터 체육과 학생이 중심이 되어 행사가 있을 때마다 합숙도 하며 본격적으로 활동하였다.

휜치대학에서 수학할 때 미국보이스카우트 본부를 방문한 적이 있는데 귀빈 예우를 받았다. 내가 방문하는 날 본부 국기 계양대에 태극기가 올라가 있어 한국에서 온 나를 환영해주는 성의에 감사하였다. 미국보이스카우트 본부 사무총장 가명 딜 캐쥬얼Del Kacher은 본부 여러 곳을 안내하며 보이스카우트의 발전과정을 소개하여 주었다. 특히 박물관에는 오랫동안의 발자취를 쉽게 인식할 수 있도록 잘 보존되고 있었다.

  세계를 통한 우애와 협동 그리고 봉사를 위한 훈련으로 기능을 개발시키는 스카우트 정신은 젊은 청소년들에게 필요한 과정이다. 그때 나는 공식적으로 이곳에 방문하게 되면 한국의 현황을 의무적으로 소개하여야 한다고 생각하여 한국의 행사 퍼레이드에 관한 슬라이드를 준비하여 간단하게 보여주었다. 지금 생각하면 방문하는 것으로 좋은 유대를 가질 수 있었을 터인데 그곳에서까지 한국 슬라이드를 보여주겠다고 자청하였으니 말이다. 나는 그때를 생각하면 나 스스로 웃을 때도 있다.

  딜 캐쥬얼 사무총장은 나를 안내하면서 여러 번 화장실에 가겠느냐고 물었다. 그때마다 나는 아니라고 말했다. 그리고 보니 아침에 맨해튼에서 뉴져지에 있는 보이스카우트 본부를 방문하고 오후 휜치대학으로 돌아올 때까지 한 번도 화장실에 가지 않았다. 너무 긴장한 탓이었을까. 딜 캐쥬얼 사무총장은 내가 떠난 이후 화장실에도 안 가는 한국 여자교수가 방문했었다고 기억할 것 같다.

만학의 열정을 품고
일곱 번의 여름나기

  1970년 후반까지도 국내대학에서는 체육학영역의 박사학위 과정이 없었다. 나는 제자를 양성하기 위해서는 박사학위 과정을 이수해야 할 절실한 필요성을 느껴 미국 뉴욕대학교 대학원에서 학위과정을 하기로 결심했다. 그러나 여러 가지 사정으로 미국에 체류하면서 공부하기에는 거의 무리가 있어 여름학기 코스만 택하기로 했다. 나이 50이 넘은 때였다. 국내도 아닌 미국에서 공부한다는 것이 가능할지, 의문이 앞섰지만 한번 결심한 일은 그대로 밀어붙이는 것이 나의 특성이기도 했다.

1981년(6학점), 1982년(10학점), 1984년(12학점), 1985년(9학점), 1986년(3학점), 1987년(2학점)으로 7년 동안에 42학점을 취득한 이 과정은 대단히 어렵고 힘들었으며 무어라 표현하기 어려운 삶의 또 다른 경험이었다. 이북에서 월남하여 특히 영어기초능력이 부족하다 보니 이 과정은 단시일에 해결할 수 없었기 때문이었다.

최선을 다해도 가능한 것과 불가능한 것을 깊이 깨달은 나는 다른 선택으로 방향을 수정해야만 했다. 박사학위 과정을 석사학위 과정으로 변경하는 것이었다. 지도교수인 패트리시아 로우 박사 Dr. Patricia Row는 7년 동안의 여름학기뿐만 아니라 학기마다 계속해서 숙제를 주어 리포트를 제출하게 하였다. 영어 테스트 북에 페이지를 정해서 일주일에 한 번씩 그 과정을 기록으로 옮겨 우편으로 발송하라는 것이었다. 지금 생각하면 그것을 어떻게 할 수 있었을까? 나 자신에게 의문을 가질 때가 많다. 뿐만 아니라 왕복항공료, 기숙사비 그리고 등록금을 어떻게 감당했는지 신기하기만 하다. 그당시 등록금은 한 과목당 한국의 대학원 1학기 등록금과 비슷했다.

그 무더운 뉴욕, 무덥고 뜨거운 맨해튼의 여름, 시차 때문에 생기는 피곤함, 아침부터 계속되는 강의뿐만 아니라 학과목마다 매주 리포트를 제출하기 위해 밤에 잠을 줄인 데서 오는 수면부족과 피곤함이 거듭되어 여러 가지 해프닝도 많았다.

어느 날 오후 실기 시간이었다. 마루에 누워서 하는 기본 운동을 배우

Dr. Drid Williams의 AnthroPologh of Dance 강의를 마치고, 뉴욕대학 1984년

는 강의였는데 지도교수가 설명하면서 진행하였다. 나는 그때 누워있으면 그렇게 편안하고 좋을 수가 없었다. 열심히 하다가 깜박한 것 같다. 눈을 떠보니 모두 일어나서 자리를 옮기고 나 혼자 그 마루에 누워 있는 것이 아닌가. 이런 일이 한두 번이 아니었다.

숙제를 제출하기 위해 밤새도록 자료를 이것저것 찾아서 쓰다보면 어느새 창밖이 훤하게 밝아올 때의 두려움. 주말이 되면 옛 친구와 동료들이 김치와 상추쌈, 불고기를 정성껏 준비하여 자동차를 기숙사 앞으로 몰고 와서 해변으로 놀러가자고 해도 가지 못했던 안타까움. 이런 감정들은 과제물을 제출하지 못해 불이익을 당하지나 않을까 하는 두려움에 떨었던 여름학기 과정 중 하나였다.

이런 체험으로 젊은 제자들에게 필요한 자료와 문헌들을 제공할 수 있었으며 배움의 자극을 줄 수 있었으리라. 그리고 국제적인 동향에 관하여 정보를 전달할 수 있었으며 어떻게 연구해야 하는지 방법에 관해서도 일깨워 줄 수 있었으리라 믿는다.

센터마이오 박사 Dr. James Santomier 는 체력운동과 체중조절에 관한 강의 내용에서 현지답사강의를 맨해튼 헬스클럽에서 매주 실시했다. 높은 빌딩 안에 헬스센터 수영장에는 허드슨 강을 바라보며 회원들이 수영하는 모습을 보고 나는 놀랐다. 그때 한국과 비교하면 별천지였던 그 기억을 꿈에서나 볼 수 있었을까. 그곳에는 뉴욕대학의 졸업생들이 취업하고 있었기에 운영경영 프로그램을 구체적으로 설명해 주었다. 우리들은 지도교수와 함께 뉴욕대학 도서관에서부터 엠파이어스테이트 빌딩 영역의 헬스센터로

뉴욕대학

걸어서 갔다. 이것도 체력훈련이라고 했다.

과제물에 따른 발표에서 비만자를 위한 톱뉴스를 찾아서 토의하는 시간도 가졌다. 어떻게 체중조절에 성공했는가에 관한 조사발표였다. 나는 미국에 살지도 않는 타국의 수강생으로서 이번 주의 현황을 찾아서 토의하기 위한 자료를 수집한다는 것은 대단히 어렵고 막연했다. 불가능하다고

생각했다. 그러던 중 길가에서 쉽게 볼 수 있는 SAPE, 피트니스, 웨이트컨
드롤 등의 주간잡지를 보이는 데로 모두 구입하여 자료를 만들고 발표에
골몰하였던 기억이 난다.

여름학기 일주일에 4과목을 수강하고 이에 따른 강의준비와 함께 과제
물을 제출하려면 대단한 노력이 수반되어야 했다. 한국에서 발표한 논문자
료 등을 영어로 번역한 자료보다 미국현장에서 그 담당교수가 저술한 문
헌, 추천자료 등을 참고로 한 것이 가장 효율적인 방법이었다. 그러나 실제
현황 연구발표에 있어서는 한국의 현황을 발표할 수 있었다. 그리고 나는
말하였다. 한국에 돌아가면 영어로 강의하지 않고 한국어로 강의한다고.

실제 안무 영역에서는 미국 학생들은 창의성이 풍부하고 아이디어가
많았다. 그 잠재능력을 발휘시키는 시험이었다. 나는 뮤지컬 쇼에 나오는
음악을 선택하여 발표하였다. 이때 담당교수가 브로드웨이 쇼를 보았느냐
고 물었다. 보지 못하였다고 대답하였다. 담당교수는 느낌이 좋았는지 A
학점을 주었다.

주말이 되면 젊은 학생뿐만 아니라 시민들은 뉴욕대학 캠퍼스와 이어
져있는 워싱턴스퀘어에 모여 낭만을 즐기며 자기가 하고 싶어 하는 재주를
발표할 수 있다. 누구나 이것을 이용할 수 있으며 관람하고 즐긴다. 그리고
계절마다 졸업식도 이곳에서 한다.

나는 뉴욕대학 졸업식에 참가하지 않았다. 거룩하고 훌륭하게만 보여
나의 열정을 한때 모두 쏟아부었던 뉴욕대학 졸업식 이후 한 번 방문한 적
이 있다. 그 활기 넘쳤던 캠퍼스가 이제 조용하고 힘이 빠져있는 듯한 느낌
은 웬일일까. 이후 맨해튼의 아름다운 낭만의 그리움보다 고통스러웠던 기
억이 남아 있을 뿐이다. 나는 다시 뉴욕에 가지 않고 그저 그 당시 만학의
열정을 기억하면서 지난날을 회상할 뿐이다.

에어로빅댄스
바로 너로구나

에어로빅을 창시한 미국의 쿠퍼 박사 Kenmeth H. Cooper 는 심장질환의 전문 의사로 나는 그를 20세기의 주목할 만한 발명가로 추천하고 싶다. 에어로빅의 놀라운 효과는 수많은 환자와 허약자들을 구해주었을 뿐만 아니라 이 사회에 새로운 활력을 불어 넣어준 시대의 개척자라고 할만하다. 쿠퍼는 1974년 서울 YMCA가 대한체육회 후원으로 그를 초청하여 에어로빅에 대한 특별 강습을 가졌다. 이때 현대인의 에어로빅 건강 증진에 관한 쿠퍼 박사의 책자를 김대식, 장주호 교수가 번역하여 국내 처음으로 발간되어 에어로빅의 이해에 큰 도움이 되었다.

쿠퍼 박사의 부인인 밀리쿠퍼 여사 Millie Cooper 는 그때 함께한 특강에서 가족의 건강을 위하여 매일 아침마다 자식들과 함께 달리기를 통한 에어로빅을 하고 있다고 하였다. 그리고 부모가 자식에게 재산이 아니라 건강을 물려주는 것이 가장 현명한 것이라고 강조한 말을 나는 항상 기억하고 있다. 그것은 우리 2세들에게 건강한 신체와 정신을 물려주여야 할 책임이 부모에게 있다는 것을 덧붙이고 싶다.

에어로빅은 길지 않은 역사에도 불구하고 누구나 쉽게할 수 있는 스포츠로서 청소년은 물론 일반사회에 크게 각광을 받게 되

쿠퍼 박사

재키 소렌슨 여사

었다. 1960년대에 미국인들은 체력부족과 비만이 원인인 심장병으로 사망한 확률이 세계 1위였다고 한다. 매스컴에서 이 사실을 주목하여 문제의 심각성을 제기하면서 이에 자극을 받아 미국인들이 에어로빅을 만들어낸 것이다.

내가 상명대학에서 근속 10주년이 된 1975년, 존스홉킨스대학병원에서 수련을 마치고 타우슨에서 개업을 한 동생의 주선으로 미국 타우슨주립대학 Towson State University 체육과 학과장인 코린비치 박사 Dr. Corninne Bize의 초청을 받았다. 그때 에어로빅댄스를 처음 만날 수 있었다.

에어로빅댄스의 창시자인 재키 소렌슨 여사 Jacki Sorensen는 학교 무용교사였다. 1972년 텍사스 달라스에 있는 쿠퍼 에어로빅센터에서 에어로빅댄스를 연구하고 발표하면서 심폐기능 향상을 위한 신체적성 운동으로 본격적인 안무가 시작되었다. 그 결과 미국 전지역으로 재키 소렌슨 에어로빅댄스는 열광적인 인기를 얻으며 미국인 건강증진에 기여하게 되었다.

에어로빅댄스는 무용이기보다 신체적성 운동의 측면에서 고안된 것이다. 걷기, 가볍게 뛰기, 수영하기, 줄넘기, 자전거 타기 등의 운동을 소재로 한 전신 지구력 운동으로 프로그램을 구성한 것이다.

나는 그때 한국에서 할 수 없었던 새로운 댄스를 통한 운동 방법에 대하여 높은 관심을 갖게 되었다. 그것은 정해진 음악에 이미 운동 내용이 안무되어 운동순서를 외울 필요도 없이 누구나 같은 방법으로 운동할 수 있었기 때문이다. 그러므로 운동 효과를 측정하기에 매우 과학적이었다. 나는 이때 경쾌하고 멋진 음악으로 체력을 단련시키며 건강을 위한 방법으로 한국학생들에게 지도할 수 있는 새로운 지도 교재를 얻게 되어 무척 기뻤다.

운동과정은 12주 프로그램으로 준비운동, 본운동(6가지), 정리운동으로 나누어 약 30분 정도의 시간이 소요되었다. 이때 미국에서는 새로운 운동 방법이었기 때문에 교수들과 학생들에게 인기가 있어 에어로빅댄스 강의는 활기를 띄었다.

나는 처음 만난 새로운 운동방법을 하나도 놓치지 않으려고 열심히 뛰었다. 그러나 미국교수와 나와의 에어로빅운동 능력의 차이가 많이 있음을 스스로 인정하게 되었다. 그것은 신체움직임에서는 어디가나 자신이 있었던 나로서는 기술이 아닌 체력의 차이였다. 나는 에어로빅댄스 강의 시간에 처음부터 끝까지 진행대열에 참가하기가 힘들었다. 이것은 나로서는 처음 경험하는 것이었다.

에어로빅댄스를 힘차게 오랫동안 운동을 지속적으로 강의를 진행하는 담당교수가 한없이 부러웠다. 어떻게 하면 저렇게 원기 있게 잘 뛸 수 있을까? 에어로빅댄스 과정을 모두 한국에 옮겨야겠는데 체력이 부족하여 어떻게 할까? 고기와 김치의 차이인가? 아니면 된장과 버터와의 차이인가? 심각하게 생각하면서 최선을 다하여 노력하고 운동의 원리를 이해하기 시작하였다. 가장 부끄럽게 생각하였던 것은 에어로빅댄스 과정에서 반드시 정리운동으로 시작되었던 윗몸일으키기였다. 리드믹 Sit-up으로 음악에 맞추어 무릎을 굽혀 누웠다 일어나면서 무릎과 발끝을 치고 다시 누웠다

타우슨 주립대학의 코린 박사와 캠퍼스에서 함께

일어나는 것이었다.

미국학생들은 한 사람의 낙오자가 없이 약 3분 정도 계속하였다. 그러나 나는 한 번도 하지 못하였다. 이것은 해본 경험이 없었기 때문이었다. 한국에 돌아가서 리드믹 Sit-up을 어떻게 지도할지 고민이 되었다. 그러나 운동의 원리와 방법을 습득하고 반복되는 에어로빅댄스에서 무한한 에너지와 파워가 생기면서 고민이었던 윗몸일으키기는 하루 종일이라도 할 수 있을 정도로 익숙해졌다.

한국에 돌아온 나는 이화여자대학교 체육관에서 한국여성체육학회 주최로 열린 전국 체육·무용 교사 정기 강습에서 에어로빅댄스를 지도하며 보급을 시작 하였다. 특히 선풍적인 인기를 얻을 수 있었던 것은 그 시절

진 보턴 교수와 메리브레인 교수와 주말 버지니아에서 함께

흥미를 잃어가고 있었던 학교 체육수업에서 처음 경험해보는 운동으로 미국에서 가장 인기가 있는 음악과 멋진 동작 등이 연결되어 누구나 쉽게 할수 있는 운동방법이었기 때문이다. 한국에 처음 소개되는 '건강을 위한 에어로빅댄스'는 활기차고 경쾌한 춤의 특징이 있는 운동으로 학생들은 물론 가정주부들도 운동할 수 있는 동기를 유발시킴으로서 집에서 밖으로 나와 운동할 수 있는 기회를 제공하였다. 그때 어디 가나 찰스턴의 용어가 유행처럼 번졌으며 에어로빅의 대명사처럼 특징 있는 찰스턴의 동작과 함께 에어로빅댄스는 전국으로 퍼져나갔다. 그리고 서울뿐만 아니라 부산, 대구, 전주 등으로 특별 강습을 실시하였다.

이후 나는 1981년 다시 타우슨주립대학에서 에어로빅댄스를 연구할 수

있는 기회를 가졌다. 그때 1975년보다 6년이 지났으나 나의 에어로빅 능력이 보다 향상되었다는 사실을 인정받으면서 자신감을 갖게 되었다. 이것은 그동안 한국에서 학생들과 강의시간에 그리고 강습을 통하여 지속적으로 운동할 수 있었기 때문이었다.

1981년에 보급된 리드믹에어로빅댄스는 보다 차원이 다른 새로운 12주 프로그램이어서 과학적이고 효과적인 재키 소렌슨 안무구성에 감탄하지 않을 수 없었다. 운동과정은 유연성을 위한 운동, 윗몸일으키기, 준비운동, 본운동(8가지), 정리운동으로 나누어 약 45분 동안의 신체능력을 개발시키는 것이다. 또한 즐거움을 표현하고 도전하며 인성을 만족하게 하는 운동으로 걷고 뛰기, 달리고 당기기, 펴고 굽히기 등이 춤을 통한 운동으로 구성되어 많은 에너지를 발휘할 수 있도록 하였다. 리드믹에어로빅 프로그램은 한국에서 가장 인기있게 보급되고 활성화되었다. 음악과 동작이 함께 어울려 매력있는 신선한 운동으로 각광을 받으며 각 대학의 체육교재로 활용되었다.

이와 같이 타우슨주립대학에서 나는 많은 것을 보고 느끼고 경험 하였다. 그리고 교수들과의 교류를 통하여 친숙해져 그 당시 많은 감화도 받고 친구로서 깊은 우정도 오랫동안 나눌 수 있었다. 그때 나 자신에 관하여 부족함을 스스로 느끼게 하였으며 한국학생들을 위하여 많은 연구를 해야 할 필요성을 절감하였다.

　무엇보다 미국 에어로빅댄스 강의를 한국에 보급할 수 있도록 지원하여준 타우슨주립대학 코린 비치 박사와 진 보턴교수에게 감사한다. 이후 상명대학과 타우슨주립대학은 깊은 유대를 맺고 한국에서 계속 상명대학교가 에어로빅스로 발전할 수 있도록 지원해 주었다. 그리고 다정하였던 친구는 나의 엄격한 지도자가 되어 새로운 프로그램을 구체적으로 설명하며 지도해주는 정성을 보여 주었다. 여름방학 때는 자기집 뒤뜰에서 대학 체육관을 옮겨 다니며 음악과 교재에 대한 정보를 미리 얻고 전해주는 친절함 덕분에 나는 한국에서 에어로빅스 프로그램을 보급하고 개발하는 작업 등을 할 때 나의 저력을 발휘할 수 있는 능력을 갖게 되었다.

　특히 상명대학교 배상명 박사께서 타우슨주립대학의 진 보턴, 메리브 레인 교수를 2회에 걸쳐 초청하여 한국여성체육학회와 함께 세미나 및 강습을 개최할 수 있도록 후원하였다. 그럼으로써 더욱 깊은 유대를 맺고 오늘날 많이 활동할 수 있는 기반을 조성하였다.

진 보턴 교수와
교류의 장을 열다

　한국에서 나와 가까이 있었던 사람들은 진 보턴 교수와 나의 우정에 대해 잘 알고 있다. 1975년도는 미국과 한국의 대학교수 교류가 활성화되지 못했을 때였다. 진 보턴의 담당 과목은 펜싱, 양궁, 민속무용 그리고 에어로빅댄스 등이었다. 그 중에서 내가 민속무용을 강의하는 시간이 왔다. 나는 한국적 민속무용인 아리랑을 선택했다. 먼저 한국식 인사로 세배하는 방법부터 가르쳤다. 미국학생들이 무릎을 꿇고 고개를 숙일 때 나는 짜릿한 기분이 들었다. 한국 아리랑을 외국 민속무용 형태로 변형하여 짝을 지어 하기도 하고 다같이 원으로 손잡고 돌기도 했다.

담당교수인 진 보턴은 매우 만족해 보였다. 그리고 나는 귀국할 때 아리랑 음악 녹음 테이프를 주고 강의시간에 꼭 지도해 달라고 부탁했다. 이후 진 보턴 교수는 한국학생만 보면 "너 이영숙 교수 아니?"라고 물었다고 한다. 이렇게 하여 내가 귀국한 이후에도 한국바람은 따뜻하게 불었다. 그리고 진 보턴 교수 강의라면 나는 어디든지 따라다녔다.

한번은 원로 교수인 마고 박사 Dr. Mago의 생리학 강의에서 발바닥 모양에 따른 달리기 능력에 관한 측정을 구체적으로 검증하고 있었다. 그리고 방과 후에는 운동장에 뛰어다니면서 심판을 보고 있었다. 그는 나에게 부탁하였다. 이론 강의만 하면 안 되고 실기 강의를 꼭 병행해야 한다고 했다. 그때 한국에서는 원로교수들이 강의실에서 이론을 중심으로 강의하였으며 운동장 관리와 실기지도는 젊은 교수에게 맡기는 추세였다.

학과장인 코린 비치 박사 Dr. Corinne Bize는 뉴욕 콜롬비아대학 출신으로 미국여성체육계의 영향력이 있는 분이다. 코린 비치 박사는 주말마다 자기 집에서 지내도록 했으며 존스홉킨스대학 그리고 해군사관학교 등으로 견학을 시켜주는 친절함을 보여주었다. 그는 다정한 나의 은인이다. 그리고 타우슨주립대학을 중심으로 많은 사람들에게 사랑을 받으며 교류할 수 있는 기회를 제공해주었다.

그때 미국 여자 교수들과의 생활이 나에게 새로운 경험을 안겨주었으며 또 다시 나를 성장시킬 수 있는 계기가 되었다. 그 중 한국과 달랐던 점은 체육 실습시간 강의준비를 할 때 교수가 직접 자료, 실습기구 등을 운반

Towson State College

June 4, 1975

Mrs. Young Sook Lee
56-19 Ku Ki Dong Seou Dea Moon-Ke
Seoul, Korea

Dear Young Sook:

We are sending you the <u>TOWSON STATE REPORTS</u> that were published
the week after you left. We were sorry they were not out before
your departure.

We all enjoyed having you with us at the College and hope that
some day you will be able to come back this way again. Everyone
has spoken so highly of you and your cheerful, happy manner around
the College. You added such a nice spirit and feeling of friendli-
ness that none of us will ever forget. Please think of us once in a
while and let us know what is happening in physical education in
Korea.

I know your family is happy to have you home, and I know you
are enjoying being with them once again. Best of luck to you. We
shall miss you.

Sincerely yours,

Corinne H Bize

CTB/maj

Enc.

Corinne T. Bize
Chairperson
Department of Women's
Physical Education

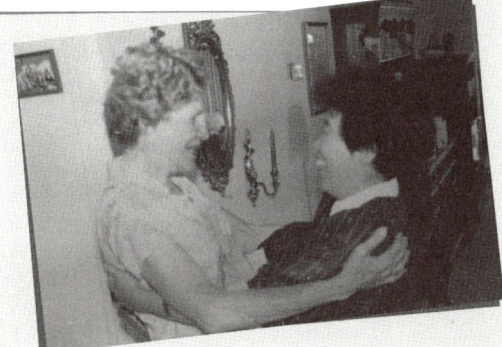

플로리다에서 코린비치 박사와 만남

하고 강의가 끝나면 교수가 직접 반환하는 것이었다. 그리고 강의시간은 철저하게 지키는 것 또한 큰 차이였다. 그러나 미국학생들은 홀에서 교수가 출석을 부를 때 편한 자세로 누워서도 손을 들고 대답하는 것은 한국과 비교했을 때 좋아보이지 않았다.

코린 비치 박사는 정년퇴임 이후 플로리다에 안착하였으나 암으로 자택에서 요양 중이었다. 나는 1989년 플로리다 토마스대학교 명예 이학박사 학위 수여식에 참가하는 기회에 자택을 방문하여 감격스럽게 만났다. 조용한 곳에서 편안하게 휴식하였던 나의 은인 코린 비치 박사의 다정한 미소가 마지막 본 작별이었다. 나는 아직 간직하고 있다. 내가 타우슨을 떠난 이후 나에게 보내준 서신이었다.

나는 학기를 마치고 귀국할 때 아쉬운 작별을 했다. 특히 진 보턴 교수와는 친구 같은 우정으로 정이 깊었다. 여자 체육교수로 멋있고 매력이 있었다. 그리고 냉철하면서도 순진하여 별명이 '어린 새 Early Bird'였다. 귀국한 뒤 편지와 전화로 아직까지 교류하고 있다. 그러나 나는 그 명필인 진 보턴 교수에게 답장을 쓰려면 밤새 불을 밝히고 영어사전에 매달려야 했다. 워낙 영어능력이 부족하였으므로 힘든 시간을 많이 보냈다. 귀국 후 5년쯤 지났을 때 상명대학교 배상명 학장의 초청으로 타우슨주립대학의 진 보턴 교수와 메리브랜 교수를 한국에 초청하는 꿈이 이루어졌다. 더불어 일본도 같이 관광하는 행운을 얻었다. 우리는 약 30년 넘게 에어로빅스운동을 통하여 교류하였으며 친구로서 그 동안 진 보턴 교수가 보낸 편지는 앨범으로 5권이 넘는다. 그것을 보면 우리의 우정을 알 수 있으며 크리스마스와 생일 때 카드와 선물 등 지난 30년 동안에 걸쳐 굳은 우정이 아름답게 수놓여지고 있다.

1967년 뉴욕 휜치대학. 1975년 타운슨 주립대학. 1981년 뉴욕대학 등에서의 연구 과정은 동생의 적극적인 지원이 있었기 때문에 가능했다. 형제라고 당연하다고 하겠지만 우리는 어느 형제보다 남다르다고 자랑할 수 있다.

나는 타우슨주립대학에 있는 동안 타우슨 지역에 있는 동생 집에서 기거하면서 지냈다. 아침 출근할 때 병원으로 가면서 함께 출근하여 나는 학교에서 내리고 퇴근할 때 동생이 학교로 와서 나와 함께 집으로 돌아오곤 했다. 그래서 대학에 있는 교수들과 친교가

동생 영수와 함께

있음은 물론 나는 동생을 전적으로 의지하고 동생과 의논하며 모든 것에 대한 조언을 받았다.

우리의 특별한 형제애는 월남과 피난 때의 고생을 통해 가족으로서의 남다른 결속이 있었기에 가능했다. 우리는 지금도 둘만의 이야기가 많다. 그리고 세상 살아가는 이야기, 가족이야기 등 부모님 제사 때마다 미국과 한국을 오가며 일 년에 한 번은 꼭 만난다. 미국에서 연수를 마치고 꼭 귀국할 것을 기대했지만 자녀들 진학문제 등으로 부모님과의 약속을 지키지 못하는 것이 아쉬울 따름이다.

아직 우리 형제는 열정이 살아 있다. 그리고 여전히 의욕이 넘친다. 현재 동생도 아직 건강하다. 동생은 그때 미국 병원개업에서 하루에 환자 60명 이상을 진료하며 매우 바쁜 나날을 보내고 있었다.

테헤란 공장에 방문하여 한국 근로자들 격려한 배상명 박사와 이영숙 교수

상명대학교 교정에서 체육학과 학생들과 함께

광저우 아시안게임에서 에어로빅스 시범단과 함께

유고슬라비아 자그레브 유니버시아드 대회에서(왼쪽부터 나정순, 장충식 단장, 이영숙 교수, 양정순)

2011년 국제대학에어로빅스축제에서(왼쪽부터 이영숙 이사장, 흰버그린 학장, 김종량 대회장, 김설향 회장)

국무총리가 초청한 테헤란 세계대학총장회의에서

일본 하마마쯔에서 개최한 국제시니어 건강표헌체조 개회식에서

에어로빅스운동이
펼쳐지기까지

다섯 번째 이야기

에어로빅스운동이
펼쳐지기까지

오늘날 세계를 흔드는
K-pop 열풍은 에어로빅스
운동으로부터

KBS, MBC 통해
에어로빅스 보급

　에어로빅댄스를 빠르게 효율적으로 보급할 수 있었던 것은 1981년 MBC TV방송 '변웅전입니다' 덕분이었다. 매주 수요일 아침마다 생방송으로 약 3개월 동안 12주 프로그램을 지도하였으며 시범에는 신선애, 오윤선, 신오복 상명여사대 체육학과 학생이 출연하여 진행하였다. 그 멋있고 매력있는 움직임은 미국에서도 선풍적인 인기를 얻고 있었던만큼 우리나라에서도 시청률이 30% 이상으로 높았다. 나는 매주 생방송으로 진행되는 프로그램을 위하여 얼마나 정성스럽게 지도하였는지 모른다. 손끝의 방향부터 바르게 뛰기, 팔 흔들기, 무릎 들기 등의 동작을 분석하여 정확하게 지도하며 연습시키고 설명하였다. 생방송으로 진행이 되었기 때문에 시간을 정확하게 지키기 위한 훈련도 되었다. 방송 덕분에 전국에서 이 프로그램을 배우고자 하는 지도자와 주부들이 많았다. 이후 여의도 동아문화센터를 시작으로 서울 종로 YMCA 어머니 교실에

MBC '변웅전입니다' 프로그램 출연

강좌가 실시되어 어머니들에게 새로운 삶의 보람을 제공하였다. 그때 회원들은 저녁 남편의 구두 발자국 소리만 기다리지 않고 저마다의 즐거운 삶을 찾았다고 전해진다. 이와 같이 가정살림에만 몰두하였던 생활에서 밖으로 나와 자신을 자유롭게 표현할 수 있는 동기가 되었기에 큰 보람을 가졌다.

　　1982년 KBS는 그 당시 국민건강을 위한 프로그램을 만들기 위해 전문가들을 모아놓고 진지한 논의를 가졌다. 그 결과 생활체조, 덩더쿵 체조, 즐거운 에어로빅스가 선정되어 경쟁적으로 개발한 운동을 아침마다 방송

이영숙 교수의 에어로빅스 강의 모습, 상명대학에서

했다. 그리고 여의도광장에서 이른 아침 시민들을 모아놓고 즐거운 에어로
빅스를 지도하였다. 즐거운 에어로빅스는 이후 3세대 건강가정운동으로
재구성되어 지금까지도 보급되고 있다. 이때 KBS 합창단의 경쾌한 노래
와 운동이 함께 어우러져 호평을 받았는데 지금도 중·고등학교, 대학교 체
육활동과 전국 시니어 운동으로 활용되고 있다.

　　KBS 교육방송에서는 고려대학교 의과대학 산부인과 고 박용균 교수와
공동연구로 개발한 임산부 운동을 방송하였다. 그 운동은 산전 운동, 산후
운동으로 구성되어 KBS 교육방송에 프로그램으로 방송함에 따라 운동내
용의 개발과 더불어 음악에 따른 운동용어를 사용하게 되었다. 운동의 타
이밍에 맞는 운동용어를 녹음하는 작업이라 너무도 힘들었다. KBS 방송

녹음실에서 녹음을 하기 전까지 나의 연습은 녹음테이프가 모두 닳도록 며칠 간을 밤새도록 반복연습을 거듭해야 했다.

여의도 한강변, 어린이대공원 등 야외에서 녹화 방송을 했는데 상명여대 체육과 학생이 시범을 보였으며 주제는 청소년을 위한 에어로빅스운동이었다. 그 녹화는 매일 아침마다 방송되었는데 일주일마다 프로그램을 바꾸어 실시하였다. 그 과정에서 한때는 나의 연구실 전화벨이 계속 울려 지도자를 추천해달라는 요청이 쉴 새 없었다.

모두가 빠져든
에어로빅스의 매력

정신문화원에서 아침 에어로빅스 특강이 있었다. 전국연수원장들의 연수교육이었다. 판교에 있는 정신문화원에 들어서보니 유니폼을 입은 연수원장들이 로비에 엄숙하게 모여 강의를 기다리고 있는데 놀랐다. 나는 그 순간 이렇게 권위 있는 VIP들을 어떻게 지도할까 염려되었다. 그러나 그분들은 나의 지도에 따라 흥미 있게 열심히 해주었다. 그 운동은 음악가사와 에어로빅스운동 내용을 함께 구성한 것으로 '춤을 추며 뛰어보자 즐겁게! 하늘 향해 두 손으로 하나, 둘, 셋! 맑은 공기 마시면서 모두 모두 함께, 모두 모두 즐겁게, 두 팔을 흔들며 즐겁게 즐겁게 가슴을 활짝 열어 내 마음은 하늘 높이 손과 손을 위로 올려 뛰어볼까. 빙글 빙글 돌아서 제자리에 모두 모두 함께, 모두 모두 즐겁게 두 팔을 흔들며!!!!' 로 걷기와 뛰기를 통한 전신운동, 호흡을 통한 유산소 운동 등을 정성껏 지도했다. 모두가 웃으

춤을 추며 뛰어보자 즐겁게

하늘 향해 두 손으로 하나 둘 셋

음악가사와 에어로빅스 내용이 함께 구성된 즐거운 에어로빅스

면서 활기 있게 따라주었으며 이렇게 좋은 운동이 어디에서 나왔느냐며 좋아했다. 나는 깜짝 놀랐다. 교육부의 전 차관, 국장, 원장 등 고위인사들도 땀을 흘리며 열심히 따라 하고 있었기 때문이다.

가사와 함께 운동하는 것이 흥미로워 보였나 보다. 이 즐거운 에어로빅스의 가사는 내가 작사한 것이다. 나는 그 음악 편곡에 맞추어 가사를 만들어 그 내용에 맞는 운동으로 구성하였다. 합창과 편곡은 KBS가 담당하였으며, 성공이었다.

KBS 아나운서의 연수교육, 고시합격자를 위한 연수원생의 교육 그리고 기업체의 연수원 특히 농협중앙회 연수원에서는 수강생들의 열렬한 요청에 따라 비교적 오랫동안 강의를 계속 이어갔다.

한국에어로빅스건강과학협회
창립

에어로빅스운동 보급과정을 지나면서 생활체육으로 각광을 받자 전국에 헬스클럽이 증가되고 사이비 단체들이 자격증을 난발하면서 영리 목적으로 에어로빅스 지도자를 양성하는 파행이 벌어지기 시작했다. 에어로빅스운동이 새로운 바람을 일으켰던 88 서울올림픽 이후 정부의 호돌이 정책에 따라 국민 모두를 위한 생활체육 운동으로 확대되면서부터이다. 서울올림픽의 대성공은 사회전반에 활력을 불어넣으면서 삶의 질을 높이는 'Sports for all' 운동과 신드롬으로 이어졌고 에어로빅스운동이 자연스럽게 지방 도시 마을 단위의 체육활동과 각 헬스클럽으로 급속하게 전파되기 시작했다.

이러한 욕구를 따라가기에는 우리는 준비가 부족하였다. 에어로빅스 지도자의 절대 부족으로 일부 무자격 지도자를 양성하는 결과를 초래한 부분도 있다. 이러한 혼란 속에서 에어로빅스라는 용어만 붙었을 뿐 제자리에서 '배흔들기' 등 흥미 위주의 부작용이 드러나기도 하였으며 운동 중에 소리 지르기 그리고 지하실 콘크리트 바닥에서 뛰기 등 대혼란을 자초하였다. 나는 TV방송에서 에어로빅스운동을 할 때에는 운동화를 꼭 신고하여야 한다고 강조하였다. 그러나 웬일인지 무용화를 팔지 못하게 장사를 방해한다고 항의하는 전화가 빗발쳤다. 그것은 에어로빅스운동을 할 때 무용화를 신고하는 줄 인식하였기 때문에 판매에 지장을 준다는 것이었다. 뿐만 아니라 정리운동 가운데 리듬에 따라 윗몸일으키기를 다양한 방법으로 하는 운동이 포함되어 있었다. 어떤 신문기자가 "에어로빅스운동을 하면 목 뒷부분이 아프다고 하는데 잘못된 것이 아니냐"고 하였다. 나는 그것도

제3급 사회체육 지도자 에어로빅스 연수 과정

열심히 그 원인을 설명해 주어야 하였다. 그와 같은 혼란 상황에서 지켜보기만 할 수 없다고 판단하여 대학 체육과 교수들이 사명감을 갖고 결속하여 협회 창립을 서두르기 시작하였다. 무엇보다 시급한 것은 철저한 연수교육과 자격제도를 마련하여 에어로빅스운동을 과학화시키는 것이었다.

이를 위해 스포츠 의학(하권익), 스포츠 영양학(유춘희), 건강교육학(홍양자), 에어로빅스 실제(이영숙) 등 연수과정을 마련하고 동성제약 이성규 사장의 적극적인 지원에 따라 오리리 헬스 교육원장(김철준), 관장(김영숙), 지도(김성희)를 임명하여 본격적인 지도자 양성교육기관의 기반을 확보했다.

1989년 사단법인 한국에어로빅스건강과학협회가 탄생했다. 김집 체육부 장관의 특강에 이어 창립 총회가 열렸는데, 그때 내가 창립 회장에 뽑혔다. 그리고 체육부로부터 제3급 에어로빅스 연수 교육을 위탁받고 상명대

에서 1차, 2차, 3차 교육을
실시했다.

연수 교육 과정에서 여
러 가지 난관이 많았다.
이 지도자 연수 교육을 통
해 에어로빅스의 정통성
과 전문성을 가지고 에어
로빅스운동의 학술, 과학
적 접근으로 체계를 바로

김집 체육부장관과 김오중 교수

잡으며 빗나간 상업화를 막고 국민 건강 증진에 기여하려는 것이 우리들의
목표였다.

체육부로부터 제3급 에어로빅스 지도자 자격을 위탁받자 약 20개 에어
로빅스 영역의 단체들이 모여 연수교육에 관심을 가지고 참여하기 위한 방
법을 제시하였다. 그것은 정부에서 또 하나의 법인체를 승인하였기 때문에
일어난 부작용이었으며 대혼란을 자초하였다.

이러한 노력에도 불구하고 영리적인 수익성을 추구하는 일부 단체와
정치인의 참여를 유도하는 움직임 등 혼란이 일어나 마찰은 점점 커져만
갔다. 우리 교수들은 에어로빅스 지도자 자격을 위한 평가시험 등에 함께
참여하고자 하는 무리한 요구를 수용할 수 없었다.

돌이켜보면 우리 협회는 지도자 교육을 통해 자격을 부여하는 역할에
충실하고 그 외의 단체들이 에어로빅스운동을 확산시키는 역할을 분담했
다면 에어로빅스운동이 좀 더 일찍 자리를 잡고 많은 동호인들을 확보하여
생활체육 종목 중 가장 인기 있는 활동으로 자리 잡을 수 있었을 것이라는
점에서 큰 아쉬움이 남는다. 아울러 에어로빅스운동이 국민 건강 증진에

한국에어로빅스건강과학협회 1991년도 총회 이영숙 회장

원동력이 되었을 것임을 의심할 여지가 없다.

이와 같은 과정에서 평생 학교에서 학생들을 가르쳐왔던 나로서는 사회단체장들과의 대화가 쉽지 않았다. 그것도 공신력 있는 단체도 아니고 에어로빅스를 사랑하고 아끼며 전공한 자도 아닌 체육관 운영자들이었기에 나와의 대화는 원만하게 잘 이루어졌으나 단체끼리의 불화때문에 의견을 통합하는 데에 어려움을 겪었다. 이와 같은 이유는 서로 비슷하였던 사회단체 중에서 갑자기 정부에서 재단법인으로 승인시키면서 생긴 부작용이었다. 그로 인해 나는 많은 힘과 시간을 소비하였다.

에어로빅스 지도자 연수를 실시하는 과정에서 지도자 자격심사를 같이 하겠다고 하며 심사위원 숫자의 배정을 요구하는 것으로 나는 연수원 개설을 포기할 수밖에 없었다. 정부에서는 그들과 합의하여야 연수원을 개설할 수 있다고 하였으니 그렇게 어렵게 성취한 국가공인 3급 에어로빅스 자격을 위한 연수원 개설은 불가능하였다.

나는 언제나 생각한다. 정부에서 우리 에어로빅스협회의 인력을 잘 활용하였다면 지금과는 다른 새로운 영역으로 더 많이 발전되고 활성화되었을 것으로 확신한다. 이후 나는 대학을 중심으로 지도교수와 학생이 함께 할 수 있는 대학에어로빅스축제를 개최하는 것으로 전심전력을 다하여 오늘에 이르렀다. 대학에어로빅스축제는 단체경기를 위주로 학교에서 학생과 교수가 뜻을 모아 애교심을 가지고 몰입하여 창의성을 통한 건전한 대학 체육스포츠 문화로 발전하기 위한 것이었다.

우리나라 에어로빅스운동은 올림픽 운동과 밀접한 관계가 있다. 과거 1972년 뮌헨올림픽의 경우도 독일의 제2차 골든 플랜의 완성을 위한 스포츠 포 올과 트림운동의 확산으로 연결되었고 1984년 LA올림픽은 비록 반쪽 올림픽이 되고 말았지만 최초의 흑자기반으로 튼튼한 재원을 마련하여 지역 단위의 커뮤니티 스포츠나 피트니스 운동을 발전시키는 계기가 되었다는 점을 주목하게 된다.

한국에어로빅스건강과학협회라는 비교적 긴 이름의 단체가 처음으로 태동한 것도 서울올림픽 이듬해였다. 우리 학계의 교수들은 에어로빅스운동이 국민생활 체육운동으로 가장 핵심적인 역할을 하고 있다는 확신에서 700만 동호인의 힘을 결집하는 단체가 탄생한 것이다. 특히 에어로빅스운동의 활성화 과정에서 조직체제가 갖춰지지 않아 여러 형태의 불이익을 당하는 경우가 많아 미래지향적인 연합회 성격으로도 출발하려 하였다.

어떤 새로운 운동체가 태동할 때는 혼선과 불신 또는 반목이 따르기 마련이다. 에어로빅스 역시 예외일 수 없었다. 따라서 학계가 주도하는 우리 협회는 긍정적인 자세로 새로운 질서의 구심점을 만든다는 사명감으로 출발하여 반목과 불협화음을 없애려는 관련 단체연합회로 확대 발전하려고 하였다. 이와 함께 에어로빅스운동의 주인의식을 확고히 하여 지도자 자질 향상을 꾀한다는 목표를 분명히 했다. 이때가 협회창립 5년 후인 1994년 12월이다.

나는 이 협회 회장 자격으로 연합회 회장을 겸하게 되었다. 나의 임무는 두말할 것 없이 소통과 통합의 정신을 살려 지도자의 권익을 신장하며 전문성을 높이는 것이다. 대학 교수와 강사들을 대상으로 한 강습은 물론 연수원을 개설하여 프로그램 시범 발표와 지도자 자질 향상을 위한 구체적인 작업에 착수한 것도 이때였다.

우리는 공생의 시대, 제휴의 시대, 협력의 시대를 만들기 위해 단합이 무엇보다 절실한 시점이었다. 그래서 집단의 이기주의를 극복할 구심점이 되고자 봉사와 헌신의 자세로 준비에 만전을 다했다고 말하고 싶다.

이러한 노력에도 불구하고 공존공영을 위한 연합회의 꿈이 깨어진 것은 유감이 아닐 수 없다. 이때 미국에서는 에어로빅스를 엘리트 스포츠로 하자는 움직임이 있어서 1981년 미국의 올림픽 메달리스트이자 아마추어 스포츠연합회 위원장인 조 헨슨Joe Henson과 함께 재키 소렌슨은 경기 형태의 에어로빅스 규정을 재정하여 FISAA(세계아마추어 에어로빅협회)를 설립하고 1994년 남아프리카 나이로비에서 첫 국제대회를 갖기에 이르렀다.

당시 최초의 공식기구인 사단법인 한국에어로빅스건강과학협회를 창설한지 5년이 지나 자리를 잡아가던 우리는 김운용 당시 대한체육회 부회장의 추천을 받아 한국 팀으로서는 처음 국제대회에 참가할 수 있었다. 한국에 에어로빅스가 소개된 지 20년 만의 일이다. 한국 팀으로는 국제심판 오윤선, 기구단체경기 최경희, 안주미, 박지민 등 선수가 참가하여 단체 1위를 차지하고 개인경기에는 문행자 선수가 3위를 기록하는 성과를 올렸다. 이에 앞서 협회 창립과 함께 미국과의 국제교류를 통해 선진기술을 신속히 받아들인 결과였다. 특히 미국 IDEA에서 개최한 컨벤션에 정기적으로 나는 지도자와 함께 새롭고 다양한 프로그램 연수를 하였다.

미국에어로빅협회AFAA의 에어로빅스 쉐이프 캠프 외에 세계적인 워크숍에도 빠짐없이 참가했다. 1990년에는 미국 애틀랜타 에어로빅 워크숍에 홍양자, 오윤선, 김영숙, 김선희 교수 등이 참가했으며 1993년 8월 미국

더블린에서 열린 세계아마추어에어로빅스대회에 참가한 임현남(상명여대), 박정남(명지전문대)이 단체에서 1위, 여자 개인에선 신은희(상명여대)가 1위에 오르는 등 우리의 저력을 세계에 떨치는 기회가 되었다. 이때 시범경기에서는 우리 고유의 풍물놀이를 도입하여 좋은 평가를 받았으며 김영숙, 오윤선 교수가 국제심판 자격을 취득하는 성과를 올렸다.

한국 에어로빅스
개발시대를 열다

우리나라에 처음 에어로빅스운동이 소개되고 보급된 도입기를 1975~1981년으로 본다면 본격적인 활동기는 30년 전인 1982년으로부터 시작된다. 이 시기는 신체적성운동의 프로그램 개발과 방송매체의 힘을 빌린 홍보활동에 주력한 확장기로서 1988년 서울올림픽 때까지라고 할 수 있다.

우리 협회의 대표적 사업인 대학에어로빅스축제가 궤도에 오른 것은 1993년 이후로 이때부터 대학교수와 강사를 대상으로 한 지도자 및 심판 강습회를 실시하여 우리 협회가 표방하고 있는 에어로빅스운동과학의 토대를 마련했다. 우리 협회가 학술단체는 아니지만 그렇다고 경기단체도 아닌 만큼 대학을 발판으로 발전의 기틀을 갖추면서 과학적인 연구와 건강운동의 확산에 힘을 모으게 된 것이다.

이 땅에 에어로빅스가 자리 잡기 시작한 지난 30년, 그리고 협회활동이 시작된 지난 20년을 통해 무엇보다 자랑스러운 일은 처음 미국에서 출발한 이 운동을 우리 것으로 만들어 다시 세계로 전파하고 있다는 사실이

상명대학교 연습실에서 학생들과 함께한 이영수 교수

다. 마치 우리나라 반도체산업이 미국의 것을 도입하여 세계 최고의 자리에 우뚝 선 것처럼 세계의 것을 우리 힘으로 만들었다는 자부심이 있다.

어쩌면 에어로빅스 바람은 한류의 원조 격일 수도 있다. 오늘날 세계를 흔드는 K-pop 열풍의 바탕에는 영원한 불꽃처럼 꺼질 줄 모르는 열정, 특히 리듬에 강한 우리 민족의 특성이 깔려 있는 것 같다. 우리의 국제대학 에어로빅스축제를 지켜본 유럽의 스포츠지도자들이 주목하는 것이 바로 이러한 폭발성이다.

임산부운동 개발 (1987년도)

우리속담에 "여자는 아기를 낳을 때 이가 하나씩 빠진다"라는 옛 속담이 있다. 근거는 없으나 분만을 하는 것이 육체적으로 대단히 힘들고 고통이 따른다는 의미이다.

기원전 9세기경 스파르타의 여성들은 아기를 가지면 서로 모여서 달리기도 하고 창던지기도 하는 등 분만의 진통을 이겨내기 위한 신체단련도 하였다고 한다. 그러나 우리나라의 여성들은 아기를 가지면 체력단련은 고사하고 걷는 것도 살금살금 걸어야 했다. 임산부운동에 관하여 과학적이고 의학적인 근거가 밝혀진 것은 그리 오래지 않다. 그러나 아기를 가진 후 규칙적으로 임산부운동을 하면 분만을 쉽게 할 수 있을 뿐만 아니라 마음의 안정감도 얻을 수 있다.

고려대학교 산부인과 박용균 교수가 미국에서 귀국하여 미국 임산부운동에 관한 동향을 설명하면서 나에게 연구 개발을 적극 권하면서 공동 연구하기로 합의하고 임산부운동 개발을 시작하였다.

개발내용은 산전운동(준비운동, 본 운동, 보조운동) 그리고 산후운동

KBS 교육방송에서의 임산부 운동 프로그램의 설명과 시범

으로 구별하였다. 산전운동은 임산초기, 임산중기, 임신후기로 하고 임신한 기간과 개인의 운동 능력에 따라 스스로 조절하여 반복할 수 있게 하였다. 산전운동은 호흡과 순환운동을 중심으로 하복부 골반운동으로 힘주기, 힘빼기 운동과 유연성과 부드러움을 제공하는 신체조절운동 등으로 각 신체 부위를 원활하게 하도록 하였다.

　보조운동은 마루에 앉아서 하는 운동, 마루에 누워서 하는 운동으로 구별하였다. 앉아서 하는 운동은 다리를 굽혀서 옆으로 벌리고 또는 무릎을 펴서 몸통 돌리기, 앞옆좌우로 굽히기 등으로 구성하였다. 그리고 누워서 하는 운동은 안전하게 바로 누워서 그리고 좌우 옆으로 누워 다리 굽혀보기, 다리 들어서 내리기 등 임신 후기에 적당한 운동이었다. 임산부 사전운동이 끝나고 휴식하는 프로그램을 포함시켰다. 편안하게 누워서 그 시절 가장 인기가 있었던 메모리의 음악을 노래와 함께 들으며 마음의 안정과 미래의 희망을 그려보면서 휴식하는 것으로 끝을 맺는다.

　회복기운동은 산후 1개월부터 마루운동을 중심으로 하였다. 골반 들어올리고 펴기, 등 펴기, 하복부 수축하기, 엎드려 뒤로 무릎펴고 굽히기 등이다.

　임산부운동 프로그램을 총 5개 종목으로 구성하고 그에 따른 음악을 선정하는 작업은 대단히 어려웠다. 음악 선정은 운동내용과 잘 조화가 되어 만족스러운 임산부운동을 개발할 수 있었다. 이후 KBS 교육방송에서 매주 3개월 12주 프로그램을 방송하기로 결정하면서 이를 준비하기 위해 적극적으로 연습을 했다. 박용균 교수는 산부인과 교수로서 제반문제로 임산부들과의 대담으로 의미있는 것이었으며 나는 이에 따른 임산부운동을 시범하고 그 내용을 요약해서 설명하였다. 시범에는 김영숙, 장윤정, 윤혜원이 하였는데 임신도 하지 않은 시범자들의 배를 임산부와 같이 모양을 만들게 하는 작업도 쉬운 일은 아니었다. 특히 방송하기 전에 KBS 녹음실에서 음악에 운동내용을 더빙하는 작업은 대단히 특별하였다.

　그것은 운동을 언제라도 기억하면서 운동순서에 따라 할 수 있게 하기 위해 필요한 것이었다. 모두 성공이었다. 나는 지금 그 비디오와 음악을 보고 들으면 기억이 새롭다. 임산부운동 내용구성과 음악을 더빙한 그 운동 지시에 따른 내 음성 그리고 운동이 잘 조화를 이루어 다행이다. 시범자들의 훌륭한 시범, 오래도록 연구 자료로 남기를 바란다.

민속에어로빅스 개발 (1990년도)

　이제 미국에어로빅댄스 도입과 보급시대를 지나 1989년 협회창립을 전후하여 한국에어로빅스운동을 개발하는 데 집중하기 시작하였다. 첫 번째 개발 사업은 민속에어로빅스였다. 그것은 한국 민속음악을 배경으로 장구, 북, 꽹과리 등의 전통가락을 이용하여 신토사이즈로 하였으며 우리 춤사위가 기본으로 응용된 것이었다. 동작의 특징은 제기차기, 노젓기, 그물당기기, 북치기, 활쏘기 등으로 하였으며 심폐기능에 이르기까지 에어로빅스 운동의 효과를 얻기에 충분하였다.

　나는 민속에어로빅스를 개발하는 의미에 깊은 뜻을 가지고 있었다. 미국 에어로빅댄스를 시작으로 약 15년동안 여러 방송매체 그리고 강습 등으로 약 60여 점의 미국 에어로빅댄스를 보급하였다. 그러나 이제 한국 풍의 에어로빅스를 외국으로 역수출해야 한다고 생각하였다. 그리고 남북이 통일되면 다 같이 얼싸안고 할 수 있는 우리 춤의 운동을 예측하면서 우리 한국인의 체질에 맞는 우리 정서가 담긴 민속에어로빅스를 개발한 것이다.

　때마침 1990년 체육과학연구원에 공모전에 입상하여 전국으로 보급할 수 있게 되었다. 1991년 본 협회 창립 2주년을 기념하여 민속에어로빅스

민속에어로빅스 개발 당시 보도된 신문

프로그램을 시범종목으로 발표하였는데, 언론매체에서도 높은 관심을 보이며 '민속에어로빅스 배우세요'라는 제목으로 크게 보도하여 프로그램 개발 취지를 홍보하여 주었다. 이후 각 대학, 여군학교, 에어로빅스단체 등에 에어로빅스 비디오와 음악을 제작하여 무료로 생활체육단체에 제공하였다. 그리고 국 내외 축제 등에 본 협회 임원, 교수 그리고 지도자들이 민속에어로빅스를 소개하고 지도할 수 있는 대표 종목이 되었다.

국민건강운동 '손에 손잡고' (2001년도)

새천년을 맞아 현실화된 남북화합협력의 분위기가 고조되어 '세계는 서울로 서울은 세계로'라는 모토를 구현한 88 서울 올림픽의 영광을 영원히 계승시키기 위하여 '손에 손잡고'의 음악을 이용하여 국민이 건강한 삶을 유지하여 밝고 건전한 사회를 만들도록 하는 취지로 국민건강운동을 개발하였다.

이와 같은 원대한 목표를 가지고 가장 역점을 둔 것은 음악이었다. SBS의 김종택 예술단장은 기발한 재능을 지닌 음악가였다. 88 서울 올림픽의 '손에 손잡고'의 느낌과 분위기는 광범위한 편곡으로 환희에 넘치는 음악내용이었다. 그러므로 나는 건강운동에 관한 음악, 공연음악 그리고 이벤트 음악으로 나누어 편곡하여 줄 것을 요구하였다.

나는 현장에서 밤 늦게까지 연주 팀과 함께 '손에 손잡고' 음악의 속도와 운동내용이 조화롭게 되도록 여러 가지 구상을 하며 며칠을 보내야만 했다. 특히 합창단까지 동원되어 노래와 연주의 하모니가 절정을 이루어 '손에 손잡고'가 새로운 음악으로 탄생되었다.

이후 제9회 대학에어로빅스 개회식에서 나를 중심으로 한 16명의 참가 대학 교수들이 손에 손잡고 음악을 이용하여 에어로빅스운동으로 시범 발표하였다. 또한 올림픽 기념행사, 대학에어로빅스축제, 광저우아시안게임 등의 에어로빅스 시범으로 활용되었으며 본 협회의 시범종목 및 개회식, 퍼레이드 이벤트의 음악으로도 적극 활용되고 있다.

한일 시니어 건강 에어로빅스 (2002년도)

앞으로 20년 후 그리고 50년 후 우리들의 모습은 어떻게 변할 것인지, 그 미래에 우리는 무엇을 어떻게 하고 있을지 상상해 본 적이 있는가.

나는 시니어를 위한 건강에어로빅스 프로그램 개발 이후 부산에서 아시안게임이 열리고 있는 동안 국제적인 이벤트로 한국과 일본이 참가하는 한일 시니어 에어로빅스 강습을 부산사회체육센터에서 가진 바 있다.

나는 일본 도요타 에이치 회장과 함께 해운대 앞바다의 푸른 파도를 보며 예술적 정취에 도취되어 한일 시니어 건강 에어로빅스운동에 대하여 새로운 활력을 가질 수 있었다. 이미 세계적으로 장수국가라고 알려진 일본의 경우에는 자연을 사랑하며 균형 있는 식생활과 사회활동 그리고 적절한 운동프로그램에 적극 참가했기 때문에 오늘날 장수국가가 된 것이다.

일본 지도자 요코야마는 시니어에 맞게 쉬운 동작으로 정확하게 지도하였으며 구체적으로 설명하였다. 그리고 운동하는 음악에 따라 직접 노래

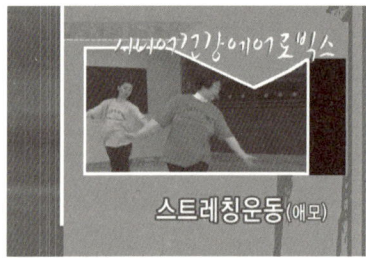

를 부르며 지도해 또 다른 효과를 얻을 수 있었다.

매해 일본에서는 4월초가 되면 여러 곳에서 벚꽃이 만발하는 계절! 시니어 건강축제는 절정에 다다른다. 벚꽃나무 아래서 펼쳐지는 이벤트는 시니어들에게 젊음을 제공하고 즐거움과 함께 마음에 평화, 아름다움을 제공한다. 매년 한국 시니어 건강에어로빅 팀을 초청하였으나 아직 동참하지 못하고 있다.

한국의 시니어건강에어로빅스 프로그램 개발은 고령자, 최고령자, 비건강인으로 크게 분류하여 운동 부족에서 발생하는 고혈압, 당뇨, 신장질환 등을 예방하기 위한 저강도 운동으로 하였다. 개발 개발을 전문성을 높이기 위하여 종목마다 분담하였으며 준비 운동에 김동아, 스트레칭에 이영숙, 순환운동에 김영숙, 유실, 안주미, 비건강인에 김설향, 근력운동에 이현정, 정리운동에 배승옥 등이 참여하였다. 음악은 일본 건강음악연구회의 지원을 받았다. 개발과정은 개발위원회에서 각자 연구한 운동을 발표하여 서로 토의하고 시정하고 보완하는 과정을 몇 번이고 반복하여 운동마다의 특징을 살려 연구개발할 수 있도록 하였다. 그리고 이에 따른 비디오 촬영을 하여 각자 운동하는 종목마다 경쟁하는 기분으로 최선을 다할 수 있었다.

이와 같은 프로그램은 전국적으로 순회하며 지도자 그리고 일반노인들에게 지도하였다. 특히 여주대학, 신성대학, 강릉대학, 순천, 대구, 강릉 등에서 대성황을 이루었으며 전국순회 강습은 지방에 있는 임원들과 깊은 유대를 갖게 하는 계기가 되어 시니어건강에어로빅스 프로그램 연구에 전력을 다하였다.

그때 내가 개발한 운동은 스트레칭 운동으로 음악은 '애모'를 선택하였다. '그대 가슴에 얼굴을 묻고~'라는 가사로 시작되는 이 음악은 그리움과 사랑을 표현하며 젊은 시절을 회상하는 동작으로 이루어졌다. 부위별 근력운동과 스트레칭이 가사와 적절하게 조화되도록 구성하였다. 마지막 '당신은 나의 남자요' 부분에서는 힘을 빼고 서로 끌어안지만 다시 현실을 깨달으며 고개를 들었다 떨구는 동작으로 창작하여 각자의 젊은 시절에 사랑을 추억하는 운동으로써 모두 열광케 하였다.

치매예방을 위한 운동 프로그램 개발 (2004년도)

치매예방을 위한 운동은 국민체육진흥공단의 지원을 받아 프로그램 개발과 비디오 제작 그리고 지도자를 위한 지침서까지 심혈을 기울였다. 그 엄청난 사업은 신체조절운동, 신체자극운동, 게임놀이운동, 스트레칭 요가를 구분하여 연구개발한 것이다. 각 프로그램의 전문영역을 중심으로 각기 특징 있는 프로그램을 개발하려고 혼신의 힘을 다하였다.

운동내용을 요약하면 첫째, 신체조절운동으로 순환을 통하여 신체 각 부위를 고르게 운동시켜 원활한 신체기능을 유지할 수 있도록 하였으며 둘째, 자극운동은 시니어가 되면 감퇴하는 내신경세포의 기능을 향상시키도

치매예방을 위한 운동

록 자극을 주어 뇌의 건강뿐만 아니라 신체에 활력을 주는 운동이었다. 셋째, 동심으로 돌아가 어린 시절 즐겨하던 놀이를 통하여 기억력을 집중적으로 높일 수 있는 게임놀이 운동이었다. 마지막으로 스트레칭 요가는 호흡과 함께 유연한 움직임으로 심신의 안정과 자세를 바르게 고정시켜 일상생활을 편안하게 지낼 수 있도록 균형있는 신체를 만들어 주기 위한 운동이었다.

자문위원으로는 하권익, 최승욱 교수였으며, 개발위원장에 이영숙, 개발위원은 나정선, 배소심, 김영숙, 오윤선, 유실, 김동아 등의 교수로 구성되었다. 지침서 발간은 총괄 이영숙, 집필위원에 하권익, 김설향, 최승욱, 유춘희, 오윤선, 박세혁, 김태현 교수 등이었다.

치매예방을 위한 자료를 개발하고 전국적으로 이론 강의와 실기강습 등으로 나는 바쁜 일정을 보냈다. 치매예방을 위한 운동을 배우는 지도자들은 쉽게 배우고 음악과 비디오를 가지고 돌아가면 그만이지만 프로그램을 개발하고 비디오를 촬영하고 지침서를 발간하는 등의 작업은 누구도 쉽게 할 수 없는 힘든 과정이었다.

이와 같은 과정은 혼신의 힘을 기울여야 하였다. 그러나 전문가로 구성된 개발위원들은 모두 자기의 영역을 훌륭하게 완수하여 치매예방을 위한 운동 프로그램 개발과 보급을 할 수 있었다.

3세대 건강가정운동 개발 (2005년도)

건강한 가정은 국가 발전의 모체이다. 건전한 사회의 형성은 가정의 화목에서 그 기반이 마련되며 행복한 가정은 가족 간의 건강한 신체로 이루어진다. 따라서 가정이 모여 함께 운동을 하면서 서로 화합할 수 있는 시간을 갖는 것은 매우 즐겁고 유익한 것이다. 이 운동은 세대 간의 갈등을 해소하고 건강한 가정을 육성함으로써 국민건강증진에 기여하기 위하여 서울시여성발전기금으로 개발하였다. 내용을 살펴보면, 1단계는 어린이와 청소년을 대상으로 하고 2단계는 어머니와 할머니를 대상으로 한다. 그리고 3단계는 3세대가 모두 함께 할 수 있는 운동으로 구성되었다. 주요 동작은 걷기와 달리기를 통한 유산소운동으로 운동시간은 1단계에 5분씩 총 15분이었다. 음악은 KBS가 편곡하고 내가 작사를 맡았다. 3세대 건강가정운동을 보급하는 과정에서 실제로 3세대가 함께 참가한 가정을 선발하여 모범가정으로 표창하기도 하였다.

태권에어로빅스 탄생 (2007년도)

오늘에 이르러 태권도는 우리의 무예武藝이기 전에 전통문화의 유산이나 정신적 아이콘처럼 세계에 회자되고 있다. 동양의 무도스포츠 가운데 일본 가라데나 중국 우슈 등을 제치고 2000년 올림픽 정식종목이 된 것도 이러한 상징성을 잘 나타내고 있다. 따라서 무예라는 태권도의 특징과 우리나라에서 새롭게 탄생한 에어로빅스의 결합은 잘 맞는 궁합처럼 한마디로 환상적이다.

2007년 태권에어로빅스를 단계적 운동으로 개발한 우리 협회는 한민족의 우수성을 높이기 위한 21세기 10대 문화정책사업의 하나로 태권도가 지정됨에 따라 가장 경쟁력 있는 국제상품으로 태권도-에어로빅스 프로그램을 개발해냈다. 이는 역사적으로 대단히 의미 있는 연구과제로 주목을 모았으며 새로운 건강운동으로 발전할 수 있는 가능성을 보여주었다.

태권에어로빅스 단계별운동을 발표하는 자리에서
세계태권도연맹 조정원 총재(위)와 이영숙 교수(아래)

태권에어로빅스의 새로운 운동형식과 다양한 운동방법을 제시하기 위해서는 태권도의 기본동작과 품새를 분석하고 경기위주의 절도 있는 동작과 에어로빅스운동의 창의적인 단계별 운동을 조화롭게 구성하여 국민건강 생활체육 운동으로 활용하려는 것으로, 우리 협회 지도부는 효율적인 아이디어를 모으는데 혼신을 다했다.

태권도는 기본운동으로 치기, 지르기, 막기 등 비교적 파워가 집중적으로 강하고 빠른 동작이며 에어로빅스운동은

태권에어로빅스 단계별 운동 프로그램 개발 시연회

경쾌하게 걷기, 달리기, 뛰기를 중심으로 한 팔의 조화로움을 추구하는 것이어서 태권도와 에어로빅스를 리듬운동으로 묶어 건강을 위한 현대적 감각의 프로그램으로 개발하는 일은 쉽지 않았다.

　태권도 전공자와 에어로빅스 전공자들은 머리를 마주한 합동회의를 위해 여름휴가도 반납한 채 밤을 지새우곤 했다. 그러나 다음날이면 밤새 구성한 동작을 다시 허물고 수정해야 하는 작업을 수십 번 반복해야만 했다. 특히 중요한 것은 태권도 및 에어로빅스 동호인들만을 위한 것이 아니라 남녀노소 대중이 함께할 수 있는 운동을 만든다는 것이므로 그 개발과정은 난산을 거듭할 수밖에 없었다. 초급과정은 어린이, 노인을 중심으로 기본동작이 연결되었으며 중급과정은 청소년, 일반인을 중심으로 태권에어로빅스 응용동작으로 상급과정은 유단자 및 에어로빅스 전문인을 중심으로 응용동작을 포함하여 창작하였다. 그리고 준비운동, 정리운동은 스트레칭을 중심으로 누구나 모두 함께할 수 있는 운동으로 나누어 개발했다.

이동을 통한 대형 그리고 동작의 공간 형성 등 운동의 강도에 따른 산소섭취량 등 개발과정은 여러 가지 측면에서 보아야 했다. 특히 태권에어로빅스 개발에 따른 반주음악의 작곡이 어려운 과제였다. 그것은 나의 절대적인 주장이었다. 세계적으로 환영받는 태권에어로빅스를 뒷받침할 우리의 독창적인 음악을 만들어야 했기 때문이다. 그리고 동작의 연결에 따른 한국 문화의 이미지가 살아야만 반주음악의 효과가 살아나기 때문이다. 작곡 비용도 감당하기 어려웠다. 드디어 모든 난관을 헤치고 태권에어로빅스 프로그램 개발을 마치고 시연 발표회를 가졌다. 태권도 및 에어로빅스 전문인들과 각 대학 체육학과 교수 각 신문, 방송사 기자들을 초청하여 개발 목적과 취지, 개발내용 등을 소개하고 시연발표회를 가졌다. 그리고 참가한 내빈들이 다함께 따라 배우는 시간도 가졌다.

개발과정은 태권에어로빅스 프로그램 운동 구성, 음악작곡, 비디오 제작, 시연회 그리고 보급과 직결되는 것이다. 지도보급 위원들은 늦은 가을 주말마다 운동복과 운동화를 챙기며 짐을 싸기 바빴다. 황금주말을 태권에어로빅스 보급을 위하여 충청도, 전라도, 강원도를 넘나들며 뛰어야 했기 때문이다.

9988 건강체조 개발 (2009년도)

99세까지 팔팔하게 건강한 삶을 유지시켜주는 운동으로 서울시립대학교 도시건강연구소 김설향 소장이 서울복지부의 지원을 받아 개발하였다. 9988 건강체조의 음악은 Never Ending Story로 노인이면 누구나 관심을 갖고 운동할 수 있는 운동내용이었다. 서울시를 중심으로 홍보하고 노인지도자 강습회에 보급하였다. 개발위원으로는 이영숙, 김설향, 김영숙, 유실, 한경숙, 김동아 등이 참여하였고 시범은 김성연, 장상우 등으로 개발위원 전원이 비디오 촬영도 함께 하였다.

국민 모두
건강한 세상 만들기

학교체육으로서의 에어로빅스는 새로운 바람을 일으켰으나 학교 울타리에만 머물기에는 이미 그 기운이 넘쳐나고 있었다. 특히 서울올림픽 이후의 생활체육 붐이 이를 부채질했다.

가장 주목할 만한 현상은 학생보다 주부들의 참여가 날로 늘어나 그 인기가 전국적으로 확산된 것이다. 이에 따라 뒤늦게 이 분야의 전공교수들이 뜻을 모아 영역별로 이 운동을 과학적으로 해석하고 효과적으로 지도할 방법을 연구하게 되었다. 이는 바로 '건강과학협회'라는 타이틀의 창립목표가 설명해 주는 바와 같다.

돌이켜보면 협회 창립 이전 10여 년 사이 에어로빅스 동호인과 클럽 수는 엄청나게 증가했으며 에어로빅스라는 단어가 곧 건강의 대명사처럼 인식되기에 이르렀다. 이러한 흐름을 감안하여 우리 협회가 경기화와 국제화 노력 이전에 지도자 양성 및 관리에 진력해 왔으나 이 대세를 감당하기 어려운 지경에 이른 느낌이었다. 당시의 가장 큰 역경이라면 바로 당국의 행정편의주의에서 야기된 혼란이었다. 이를 극복하기에는 우리 전문교수들만으로는 역부족이었다.

그럼에도 불구하고 새로운 21세기가 시작되었고 국민 모두가 건강한 세상, 모두를 위한 모두의 스포츠로서 에어로빅스가 안고 있는 숙제를 풀어가기에 주저할 수는 없었다. 이러한 노력의 일환으로 지도자를 위한 지침서를 여러 권 발간하고 1989년 이후 협회에서 9차례의 학술세미나를 개최했다. 전문교수 집단이 할 수 있는 일은 우선 이러한 출판 학술사업이었으며 이것이 곧 새로운 세기의 초석을 쌓는 지름길이라고 판단했기 때문이다.

먼저 연구출판의 스타트로 1990년 '에어로빅스운동과학'이라는 타이틀의 지침서를 발간했다. 여기에는 김영환 교수(연세대), 홍양자 교수(이화여대), 김창규 교수(국민대), 김기웅 교수(이화여대), 유춘희 교수(상명여대) 그리고 이일하 교수(중앙대), 하권익 교수(스포츠의학회), 이용환 교수(적십자 병원), 김철준 교수(한림의대), 김민수 관장(한국사회체육센터) 그리고 내가 참여했다.(이상 게재 순)

이것으로 그치지 않고 '에어로빅스 지도자 자격검정을 위한 에어로빅스운동과학문제집'이라는 긴 타이틀의 책을 펴냈다. 4지 선다형, 단답형, 서술형으로 편집된 이 문제집은 전문지도자는 물론 생활체육 지도자들도 필수적으로 습득해야 할 이론과 실기를 세밀하게 기술하고 있다.

학술발표 주요 요약은 다음과 같다.

- 2000년대를 향한 에어로빅스운동의 방향 – 주제발표 이영숙
  1990.06.16 상명대학교
- 합리적인 헬스클럽운영과 관리자의 역할 – 주제발표 김윤규
  1993.09.17 올림픽회관

  에어로빅스운동의 새로운 모색 – 초청발표 샌터 마이어 뉴욕대학 교수

  노인을 위한 에어로빅스운동 처방 – 메리 브레인 타우슨대학 교수
- 현대인의 비만과 운동 – 주제발표 채범석 서울의대 교수
  1993.12.03 올림피아호텔
- 한국에어로빅스 발전과정과 미래전망 – 발제 임번장 서울대 교수 외
  1995.12.08 올림피아호텔
- 21세기 에어로빅스운동 과학화를 위한 연구과제 – 주제발표 김기진 계명
  대 교수
  1998.11.20 올림피아호텔
- 노화방지를 위한 과학적인 유산소운동 – 주제발표 하권익 삼성서울병원장
  1997.12.04 올림피아호텔
- 국민건강을 위한 유산소운동의 활성화 – 주제발표 정성태 서울대 교수
  1998.11.20 올림피아호텔

에어로빅스
지도자에게 말한다

국민생활체육의 새바람이 불면서 에어로빅스운동에 대한 기대가 높아지면서 당면한 과제는 제대로 된 지도자를 양성하는 것이었다. 그렇지 않아도 헬스클럽이나 문화센터가 우후죽순 격으로 늘어나 지도자의 자격검정이 심각한 문제로 나타난 터여서 체계적인 기술지도는 물론 대학교수를 포

함한 일선지도자의 질 향상이 시급해졌다. 정부는 정부대로 서울올림픽 이후의 사회적인 생활체육 바람을 의식하여 '호돌이 계획'을 수립하는 한편 에어로빅스 연수와 검정제도를 서두르고 있었다.

결국 다급해진 것은 에어로빅스건강과학협회였다. 나는 1992년 협회 회보에 '국민생활체육운동으로 올바른 지도자가 되려면'이라는 제하의 글을 싣고 일선 지도자들의 협력과 호응을 요청했다. 내용은 다음과 같다.

계간 에어로빅스 발표내용

에어로빅스운동을 체력증진을 위한 수단으로 활용하는 인구가 늘어나는 현상은 환영할 일이다. 그러나 여기서 가장 중요한 것은 생활체육으로서 뿌리내림이다. 에어로빅스운동 원리에 의한 과학적인 운동방법은 건강생활에 대단히 중요한 역할을 한다.

그럼에도 불구하고 일부에서는 운동의 순수성에서 벗어나 지나친 경쟁 속에서 이익만을 추구하는 경향이 있으므로 매우 염려스럽다. 이와 같은 현상은 에어로빅스의 발전에 어떠한 도움도 주지 못한다. 뿐만 아니라 건전한 사회풍토에도 역행한다는 사실을 인식해야 한다.

따라서 우리는 냉철한 판단과 슬기로운 지혜가 필요하다. 국민건강차원에서 어떻게 사회에 공헌할 것인지 깊이 생각하고 힘을 모아야 할 때다. 오랫동안 무질서하게 난립되었던 에어로빅스운동이 이제 제 자리를 찾아 바르게 성장할 수 있도록 인내심을 가지고 준비할 때다.

에어로빅스운동이 이제 경기종목으로서 선수를 선발하고 국제대회도 가짐으로써 더욱 발전해가고 있다. 그러나 생활체육으로서의 운동과는 엄연히 구분되어야 하는 특성이 있다. 우리나라에서는 아직 생활체육운동으로 토착화되지 못한 상태이므로 하루빨리 이러한 현실을 벗어나야 한다.

에어로빅스운동은 신체의 건강과 마음의 평온을, 그리고 균형 있는 인간의 삶을 추구한다. 또한 인간의 가치를 높이는 운동이다. 그러므로 균형과 조화를 이루어 삶의 질을 향상시키는데 기여할 수 있어야 한다.

우리의 목표는 새로운 삶과 새로운 활력을 창조하는 것이다. 에어로빅스 지도자들은 좀더 진지하게 자성하고 차원 높은 자질과 능력을 갖추는데 열을 다해야 한다. 에어로빅스운동의 참뜻은 겸손한 자세로 사랑하고 서로 존중할 줄 아는 풍토를 만드는 데 있다.

동아문화센터 설립과 함께 에어로빅댄스 강습

국제 스포츠대회와
학회 활동

여섯 번째 이야기

국제 스포츠대회와
학회 활동

여성스포츠 문화를
향상시킬 수 있는 지름길

한국스포츠
사회주의 땅을 밟다

세계문명의 뿌리는 역시 유럽이다. 쿠베르탱이 창시한 근대올림픽의 부활도 그러하려니와 독일에서 꽃을 피운 근대체조, 스포츠를 통한 국민건강운동의 표본으로 널리 알려진 체코의 소콜운동 그리고 그 이전에 농촌운동에서 발전한 덴마크의 닐스북 체조 등이 성공사례라고 할 수 있다. 그래서 나는 늘 유럽을 돌아보고 싶은 갈망이 있었다. 이미 미국에서 유학하여 그

유고슬라비아 유니버시아드 참가(오른쪽 세번째 장충식 단장, 왼쪽 두번째 이영숙 여자감독)

들의 발명품과도 같은 에어로빅을 배웠지만 스포츠문화의 역사로 따진다면 유럽을 무시해서는 안 되기 때문이다.

88 서울올림픽을 앞두고 한국과 스포츠 교류가 없었던 사회주의 국가인 유고슬라비아 자그레브에서 유니버시아드가 개최되어 우리나라 선수단이 방문할 기회가 생겼다. 자그레브는 방문하는 게 다소 어려운 곳이기도 했는데, 오랜 전통문화 유산을 가진 나라로 사회주의치고는 상당히 부유했다. 또한 예술과 문화 수준이 높아 다양한 견문을 넓히는 데 많은 도움이 되었다. 이때 선수단 단장에 장충식 단국대 총장, 총감독에 박철빈 한국체육대 학장, 남자감독에 김영환 연세대 교수, 여자감독에 이영숙 상명대 교수 등으로 구성되었다.

유니버시아드 대회 본 경기에 앞서 이 기간의 여러 가지 문화 활동을

전통의상을 입고 있는 민속무용 팀

살펴보았다. 특히 선수촌에는 예쁘게 단장한 민속무용 팀이 전통의상을 입고 여러 곳에서 춤을 추어 평화로운 분위기를 만들어주고 있었다. 또한 저녁에는 다양한 프로그램으로 선수들을 환영하여 주었다. 경기장은 여러 곳으로 멀리 떨어져 있어 나는 더욱 바쁘게 뛰어 다녀야 했다.

언제나 그렇듯이 경기장은 승패의 갈림길에서 긴장과 흥분의 연속이었다. 특히 여자배구 경기장은 제일 먼 곳에 위치해 있어 더욱 많은 에너지가 필요했다. 우리는 가슴을 조이고 발을 구르며 우리 팀을 응원했다. 축구경기는 가장 관심이 높았다. 우리가 꼭 이겨야만 한다는 기대에 부담이 컸던 것이다.

이러한 상황에서 여자감독인 내가 할 수 있는 것은 무엇일까 생각해보았다. 우선 선수들에게 도움을 줄 수 있는 것이 한국음식을 만들어 식욕을 북돋워주고 힘을 내게 하는 것이라는 생각이 들었다. 해외원정경기에서 최

고의 컨디션을 발휘하려면 무엇보다 충분한 수면과 함께 잘 먹어야 한다. 그러므로 이들에게 우리 음식을 제공하는 것이 중요한 일이다. 그때 지금과는 달리 그곳에서 한국 음식을 먹는다는 것은 대단히 어려웠다. 그러므로 우리 음식을 그리워하지 않을 수 없었다.

나는 아침 일찍 시장으로 갔다. 그리고 필요한 재료를 어렵게 찾아서 구입하였다. 돌아와서 밥을 짓고 국, 찌개, 나물 등을 정성껏 만들어 축구 선수들에게 세공했다. 물론 나는 장충식 단장께도 정성껏 차려서 오진학 총무를 통해 전했다. 그런데 단장께서 식사를 사양하여 오진학 총무는 "제가 눈물을 흘리며 먹었습니다"라고 말하였다. 요즘도 장충식 총장을 만날 때마다 자그레브의 그 기억이 떠오른다.

여자감독 아타세는 자그레브의 공과대학 학생으로서 이름은 이반Ivan 이라고 했다. 이반은 사회주의 체제에서 자란 젊은 대학생답지 않게 세련되고 개방적이라 언제나 같이 다니는 동안 나는 이반과 많은 대화를 나눌 수 있었다.

우리 아타세 이반은 가정환경이 부유하고 유복한 가정에서 유고의 미래를 이끌어 갈만한 인재로 보았다. 우리 선수단 임원들은 이반을 나의 분신처럼 여겼다. 이후 이반을 뉴욕에서 다시 만나 뉴욕대학 기숙사에서 함께 지내고 워싱턴 여행도 함께했다. 이러한 좋은 기억과 함께 자그레브의 추억이 남아 있다. 이반과 가족들의 행운을 빈다.

기쁨의 눈물 흘린
히로시마 아시안게임

잊혀 지지 않는 또 하나의 국제대회는 1994년 히로시마 아시안게임이다. 우리 대표선수단의 본부임원인 나는 누구보다 감개무량하였다. 제2차 세계대전 때 히로시마에 원자폭탄을 투하함으로써 일본이 항복하고 그 식민통치에서 해방되었던 역사적인 사실에 비추어 아시안게임 개최는 우리에게도 여러 가지로 의미가 있었다.

특히 마라톤 황영조 선수가 일본 선수를 물리치고 우승했던 순간의 흥분은 잊을 수가 없다. 마라톤의 골인 지점이 히로시마 평화공원 옆에 있는 한국인 위령탑이라 감회가 더 새로웠다. 여자감독인 김진수 교수와 나는 서로 껴안고 뛰며 눈물을 흘렸다. 그때 박상하 한국선수단장의 활동은 매우 인상적이었다. 매일 아침 새벽에 일어나서 선수촌을 산책한 후 각 경기 종목의 감독과 선수들의 현황을 직접 살피고 격려했다. 그리고 그날의 경

아시안게임 본부 임원 (오른쪽 두 번째부터 박상하 단장, 이영숙 교수, 김진수 교수)

기 스케줄과 임원들의 역할을 점검하면서 밤늦도록 혼신을 다해 뛰었다. 특히 황영조 선수에게는 각별하게 정성을 기울인 결과라고 생각한다. 이와 같이 바르셀로나 하계올림픽에 이어 또 한 번 국민에게 기쁨을 안겨준 마라톤이 자랑스러웠다. 당시 김영삼 대통령이 직접 박상하 단장에게 전화로 축하 인사를 전한 일도 잊을 수 없다.

카자흐스탄에서 떠오른
새로운 아이디어

1999년엔 보디빌딩의 하나인 제1회 아시아피트니스선수권대회가 카자흐스탄 알마타에서 개최되었다. 러시아 비행기를 타고 처음 시베리아 벌판을 밤새도록 날아갔다.

'사나이 중의 사나이'로 알려진 보디빌딩협회 홍영표 전무의 적극적인 권유로 상명대학교를 한국대표 팀으로 선정하고 오윤선은 심판으로, 선수로는 백승옥, 유한나가 선발되어 보디빌딩 선수들과 함께 처음 이 대회에 참가했다. 현지에 가보니 홍영표 전무의 국제적인 파워가 대단하여 세계보디빌딩 계를 휘어잡고 있었다. 국제 심판위원장인 라자낫센(덴마크)으로부터 세계대회 본부임원인 파멜라(캐나다)에 이르기까지 밀접한 관계를 유지하고 있었다.

카자흐스탄 제1회 아시아피트니스선수권대회에서는 백승옥 선수가 1위, 유한나 선수가 3위의 쾌거를 올림으로써 한국 선수의 사기를 높였다. 첫 번째 피트니스 경기여서 경기진행에 미숙한 부분도 있었으나 예상 외

왼쪽부터 홍영표 전무, 캐나다에 파멜라, 이영숙 교수, 덴마크의 라자낫센

로 피트니스 경기내용은 개방적이어서 더욱 흥미를 갖게 하였다.

이때까지 한국대학에어로빅스축제는 단체와 기구단체 종목 2가지 밖에 없었는데 이 대회를 보고 피트니스를 접목시켜야겠다는 아이디어를 떠올렸다. 피트니스단체 에어로빅스는 재즈와 힙합, 체조를 결합시킨 것으로 현재 가장 인기 있는 종목이기도 하다.

호주에서 개최된 제4회 세계피트니스선수권대회까지 이어서 참가했다. 경기결과는 상위입상에 실패하여 기대를 충족시키지 못했으나 새로운 기술을 익히고 다음 싱가포르대회에도 계속 참가할 수 있는 기회가 되었다. 그리고 세계보디빌딩 임원들과의 친숙한 관계를 갖게 된 것이 또 다른 성과라고 할 수 있다.

> 아니타 디프란츠 여사는 발표를 통해 1900년의 파리올림픽을 시작으로 여성은 올림픽 경기를 구경만 할 수 있었던 시대에서 아무런 제한 없이 참가할 수 있는 올림픽으로 발전했다고 100년을 회고했다.

전 IOC 사라만치 위원장과 함께

전 ICHPER. SD 회장과 김숙자 교수와 함께

파리 세계여성스포츠인들과 함께

세계여성스포츠
100주년 기념회

2000년 3월 5~ 8일 프랑스 파리에서 열린 제2차 IOC 여성과 스포츠에 관한 국제회의에 한국대표로 참가하게 된 것은 큰 행운이었다. 여성스포츠의 역할에 깊은 관심을 보여준 김운용 회장께 감사한다.

제2차 IOC 여성스포츠국제회의에서는 여성이 올림픽게임에 참가한 100주년을 기념하는 범세계적인 국제회의로서 뜻이 있었다. 이 회의는 여성체육지도자들이 다수 참가하는 자리여서 대단한 보람을 갖고 나는 기쁘게 참가했다. 아프리카, 아메리카, 아세아, 유럽, 오세아니아 등 전 세계에서 약 140개국 대표들이 참가하였으며 전체 회원 수는 약 350명이 넘었다. 그들은 다양한 피부색깔에 특이한 신체적인 형태 등 저마다 특이하고 개성이 강해 마치 인종 시장과도 같은 인상을 받았다.

그 중에서는 올림픽 메달리스트가 약 30명, 여성 IOC 위원, NGO, 유네스코, 국제 스포츠 단체 등이 어우러져 대성황을 이루었다. 그리고 각국 대표들은 본 회의장에서, 그밖에 참가자들은 또 다른 회의장에서 화면을 통하여 발표내용을 청취할 수 있었다. 개회식에는 프랑스올림픽위원회 위원장, 프랑스 청소년스포츠 장관 등이 참가했다. 대회 위원장인 미국대표 아니타 디프란츠 여사 Antia L. Defrantz는 발표를 통해 1900년 파리올림픽을 시작으로 여성은 올림픽 경기를 구경만 할 수 있었던 시대에서 아무런 제한 없이 참가할 수 있는 올림픽으로 발전했다고 100년을 회고했다. 1900년도 파리올림픽에서는 여성스포츠가 9개 종목으로 시작되어 시드니올림픽에는 여자 25개 종목, 남자 27개 종목으로 늘어났다는 설명이다.

21세기를 향한 여성스포츠의 새로운 전망에 대해 첫째 100년 동안 여성

일본의 오노 기요꼬 회장과 함께

이 참가한 올림픽 경기, 둘째 사회와 스포츠 교육의 기능, 셋째 인간 발달과 평화의 제안, 넷째 건강을 위한 체육교육과 스포츠, 다섯째 국제적인 협력 등 영역별로 피부색, 체격모양 등이 서로 다른 세계 여성스포츠인들이 한자리에 모여 서로 정보를 교환하기 위하여 정열적으로 활동하는 분위기였다.

나는 건강을 위한 체육교육과 스포츠에 관한 주제에서 한국의 현황과 미래의 여성스포츠 영역에 관한 발전 방향에 관하여 발표할 수 있는 기회를 얻었다. 그것은 사전에 발표자로 선정되어 한국에서 원고를 준비한 것이 아니었다. 여기에 관한 정보도 없었기 때문에 현지에서 각 나라 대표들이 발표시간을 얻기 위하여 경쟁하는 가운데 다행히 나도 토론자로 선정되어 밤새도록 자료를 준비하였다.

나는 여성올림픽 참가 100주년을 맞아 이제 메달 획득만을 위한 목적에서 건강과 행복을 추구할 수 있는 인간의 삶에 관한 가치를 인식해야 하는 여성스포츠로 전환되어야 한다고 강조했다. 건강을 위한 즐거운 운동의 모색은 체력뿐만 아니라 스포츠로서 마음과 정신을 슬기롭게 일류평화를 추구할 수 있는 원동력이 된다는 의미였다. 나는 이어 "한국에서는 모두 함께하는 여성스포츠로 가장 인기 있는 것이 에어로빅스, 수영, 골프다. 각 대학에서 지도자를 양성하고 있으며 이것은 여성올림픽 문화를 향상시킬 수 있는 지름길도 될 수 있다"고 설명하여 격려의 박수를 받았다. 그러나 마이크를 잡고 원고를 보며 발표하는 나의 손은 크게 떨렸다. 첫경험이었다. 역사적인 여성스포츠국제회의에서 토론자로 선정을 요구하고 그나마 발표할 수 있었던 점에 큰 자부심을 가졌다. 국제회의 기간에 일본대표인 오노 기요꼬(1964년 도쿄올림픽 체조 경기 동메달리스트, 참의원 의원)를 만나 한일 에어로빅스 교류에 합의하여 오늘날 한국과 일본의 에어로빅스 교류를 성공적으로 시작하는 계기가 된 것도 자랑하고 싶다.

여성체육학회
에어로빅스 활성화에 공헌

여성스포츠 활동은 국제사회에서 더욱 활발했다. 그만큼 올림픽을 관할하는 IOC 등 국제기구에서 여성참여가 늘어나고 이에 따라 여성파워가 커지고 있음을 의미한다.

나는 한국여성체육학회 회장을 지냈던 성정순 전 이화여대 교수, 고 한양순 연세대학교 교수 를 모시고 총무, 교육부장 그리고 부회장으로 약 30년 동안 한국여성체육학회 초창기의 텃밭을 갈아서 일구었다. 한국여성체육학회는 당시 여성스포츠 인과 대학체육지도자들의 연구모임인 학회였지만 단합과 친목을 겸한 가족적인 분위기였다. 그리고 초·중·고등학교의 체육교사를 중심으로 새로운 교재를 보급하기 위하여 서울, 부산, 대구, 전주 등 전국 체육지도자 강습회 사업이 중심이 되었다. 그때의 주요 강습내용을 살펴보면 리듬체조에 김숙자, 민속무용에 한양순, 에어로빅스에 이영숙, 창작무용에 육완순 등으로 나는 교육부장으로서 기획하고 전국순회지도에 동참했다.

영국 국제여성체육학회 총회에서

이 같은 사업으로 한국여성체육학회의 기금도 마련했다. 당시의 주 사업으로 리듬체조를 활성화하고 에어로빅스도 학회를 통하여 보급하기 시작했다. 한양순 교수는 훌륭한 여성체육지도자였다. 여성으로서 억척스러울 정도로 소신 있게 일하다 보면 시샘도 많아 모략도 받고 힘든 일도 많았을 것이다. 상명대학교 동문회 조직을 위해 캐나다 밴쿠버에 갔을 때 우리 일행과 반갑게 만난 것이 그 분의 마지막 모습이 될 줄은 몰랐다. 미국병원 입원 중 몇 차례 국제전화로 목소리를 들을 수 있었을 뿐이다. 미모에 개성이 강한 한양순 회장은 여성 체육인의 자존심이었다. 한때는 국회의원으로 활동하고 한국여성체육학회를 위해 크게 기여했으며 1962년 자카르타 아시안게임 본부 임원 이후 국제 활동에도 공헌한 그 분의 공로를 잊어서는 안 될 것이다.

국제여성체육학회 International Association Physical education for Girls and Woman는

영국 가정에 초대받은 이영숙 교수와 성정순 교수

4년마다 세계 여러 나라에서 개최된다. 1984년 7월 영국 월크니스대학 Universitas Warwicenis에서 개최되어, 뉴욕대학에서 여름학기 과정에 있던 나는 뉴욕에서 출발하여 영국 런던으로 향했다.

런던 히드로공항에서 기차로 몇 시간을 달려 목적지인 월크니스대학에 도착하여 그곳에서 기다리고 있었던 당시 국회의원인 한양순 교수와 육완순 교수 일행을 만났다. 세계 여러 나라 여성체육인들이 한 곳에 모여 다양한 주제를 놓고 발표하고 토의하는 자리였다. 대부분이 실기발표를 통한 논문발표였다. 이 모임에서는 영국의 전통적인 가정을 소개하기 위하여 초대하는 행사가 있었다. 나는 성정순, 한양순 두 교수와 한 조가 되어 영국풍의 분위기 속에서 그 마을의 유지들과 대담을 나누어 친교할 수 있었다. 또한 셰익스피어 하우스를 방문하여 그가 어떤 환경에서 세계 명작들을 내놓았는가에 깊은 관심을 갖게 되었다. 셰익스피어의 흔적이 남아 있는 거실은 한국 대청마루와 비슷했다.

미국과 영국은 여러 가지 측면에서 차이가 있었다. 첫째 미국은 모든 것이 풍부하여 음료수, 식사 등이 풍족하였으며 영국은 오렌지주스 한 컵까지 정확하게 배달하며 닭다리 한쪽으로 송년만찬을 갖는 검소한 면을 볼 수 있었다. 풍요 속에 자유분방한 미국, 절제하면서도 전통을 지키는 영국 두 나라를 오가며 많은 것을 보고 배웠다.

국제여성체육학회를 마치고 뉴욕으로 돌아오는 길은 무척 어렵고 힘이 들었다. 나는 뉴욕과 런던 비행기표를 구입할 때 가격이 싼 전세기 표를 구입했었다. 그래서 정상적인 여객비행장 수속이 아니고 별도 비행장에서 탑승을 해야 했다. 나는 그것도 모르고 런던 히드로비행장 여기저기로 비행기 표만 가지고 정해진 출구를 찾으려고 헤매고 다녔으니 탑승구를 찾을 수 없었다. 내가 탑승해야 하는 곳은 전철을 타고 갔어야 했다. 우여곡절 끝에 뉴욕에 도착하니 밤 12시가 되었다. 어떻게 맨해튼의 기숙사까지 갈 수 있느냐가 문제였다. 수속을 마치고 비행장 밖으로 나오니 새벽이었다. 많은 택시들이 경쟁하듯이 속도를 내며 달려가고 있었다. 어떻게 하나 서성대고 있는데 여자운전사가 눈에 띄었다. 얼마나 다행인가 반가워서 손을 높이 들고 멈춰달라고 뛰어갔다. 그 운전사는 체격이 크고 믿음직스러웠다. 나는 무사히 기숙사까지 도착하였다. 현관에 앉아 있는 수위가 나는 그렇게 반가울 수가 없었다. 나는 기숙사 방문을 열쇠로 열고 들어갔다. 그 방에 나를 반겨주는 사람은 아무도 없었지만 나는 편안하고 좋았다. 그리고 다행이었다. 나는 영국의 월크니스대학에서 국제여성체육학회가 주최한 세계여성체육인들의 활기찬 발표모습을 보고 다시 새로운 자극을 받고 뉴욕대학 강의실에서 더욱 열심히 연구할 수 있었다.

무에서 유를 창조한
대학의 선구자들

평소 존경하는 대학지도자인 경희대학교의 조영식 총장과 상명여자대학교의 배상명 박사를 따라 세계 대학 총장회의가 열린 테헤란을 방문한 것은 1970년의 일이다. 두 분은 무에서 유를 창조한 우리나라 대학의 선구자일 뿐만 아니라 스포츠에도 깊은 이해심을 가진 선구자이기도 했다.

특히 조영식 총장은 인자하면서도 뛰어난 혜안을 지닌 분으로 테헤란 궁전에서 팔레비 왕과 왕비에게 한국대표 일행을 하나씩 소개하여 주었다. 이때 세계의 지성들이 모인 대학 총장회의를 노련하게 주재하는 모습에 감탄하지 않을 수 없었다. 그런가 하면 배상명 학장은 그 바쁜 일정 속에도 테헤란에 나가 있는 한국 여성근로자들의 교육현장을 직접 방문하며 근로자들을 격려하는 특강도 가졌다. 그리고 즉석에서 나에게 레크리에이션 지도를 주문하여 즉흥적으로 녹음기를 틀어놓고 지도한 기억이 남아 있다. 이처럼 해외취업 근로자 교육까지 독려한 선견지명이 얼마나 앞서간 것이었는지 지금 생각해도 놀랍기만 하다. 이것이 계기가 되어 취업자들의 교육 지도자를 파견하는 계획을 추진하기에 이르렀으나 공교롭게도 팔레비 왕이 급서하여 이 계획은 허사로 돌아가고 말았다.

어느 날 코스타리카 대통령이 방한했을 때 경희대학교 본관에서 저녁 만찬이 있었다. 그때 배상명 박사가 코스타리카 대통령에게 메모쪽지를 손에 쥐어 드렸다. 나중에 알고 보니 그 쪽지의 내용은 조영식 총장이 노벨평화상을 받을 수 있도록 도와달라고 부탁하는 내용이었다.

조영식 총장은 어머니에 대한 효성이 지극했던 것으로 널리 알려져 있다. 어머니가 생전에 노래를 좋아하셨기에 묘소에 언제나 노랫소리가 들리도록 항상 음악이 흐르는 분위기를 만들어 놓았을 정도다.

　내가 경희대학교 공관이나 병원으로 방문했을 때, 조 총장은 항상 반가워하면서 "이영숙 교수를 보면 배상명 학장 생각이 많이 나"라고 회상하곤 하셨다. 나는 리듬과 함께하는 운동요법으로 마음과 몸의 편안함과 활기, 즐거움을 갖도록 부인 고정명 여사와 함께 도움을 드렸다. 경희대학교가 오늘에 이르기까지 조영식 총장의 보이지 않는 내조자로서 헌신하신 경희대학교의 어머니를 이제 다시 뵐 수가 없음을 안타깝게 생각한다.

　세계 대학 총장회의를 마치고 귀국하는 길에 다른 일행들은 유럽여행을 계획하고 떠났으나 나는 배상명 학장을 모시고 인도, 태국, 홍콩, 일본 등을 거쳐서 귀국하였다. 그 무더운 여름에 남쪽나라를 여행한다는 것은 참으로 어려운 일이었다. 지금과 같이 여행사가 전담하는 것도 아니고 여행자 스스로 스케줄을 정해야만 했기 때문이다. 그때 배 학장과 여행을 함께했을 때 느낀 점은 평소 검소하고 절약하였던 생활습관이 해외여행에서도 그대로 이어진다는 것이었다. 식사하는 것 그리고 숙박하는 것까지도 낭비가 없었다. 기념품은 놋쇠로 만든 탑 모양의 가격이 저렴한 태국 기념품이었다. 가격에 비하면 너무 훌륭한 예술품이었지만 무거워서 운반하기가 너무 힘들었던 기억이 남아있다.

세계대학총장회의 조영식 총장이 팔레비 왕과 왕비에게 한국대표 일행 소개

테헤란 공장에 방문하여 한국 근로자들 격려한 배상명 박사와 이영숙 교수

조영식 총장 내외와 함께

터키
국제체육학회 총회

국제체육학회ICHPER. SD는 세계체육 학술단체로 가장 오랜 역사와 전통을 가지고 있다. 1958년 이탈리아 로마에서 시작되어 해마다 세계 각국을 순회하며 개최된다. 한국에서는 1966년 서울에서 개최되었다. 그리고 1997년 경희대학교에서 주관하여 세계에서 온 체육학자들이 수원캠퍼스에 모여 총회를 가진 바 있다. 나를 비롯한 우리 협회 임원들이 직접 참여하게 된 것은 국제체육학회ICHPER. SD 사무총장인 양동자 박사가 회장으로 취임한 이후였다. 한국인으로서 세계체육학술 단체를 이끌며 회장으로 활동하고 있는 한국인의 능력을 자랑스럽게 생각한다.

국제체육학회ICHPER. SD는 각 체육전문위원회가 40개 영역으로 나뉘어질 만큼 방대하다. 그러나 에어로빅위원회가 없는 것이 유감이어서 신설해줄 것을 강력하게 요구했다. 이후 국제체육학회ICHPER. SD 본부에서 에어로빅위원회를 두기로 하고 나를 위원장으로 임명한다고 통보해왔다. 이에 따라 2005년 11월 터키 이스탄불에서 열린 제46주년 학술대회에 우리 대표단이 공식으로 참가하게 되었다.

학술발표는 연세대학교 팀이 중심이 되었으며 실기발표는 우리 협회가 본격적으로 준비하였다. 그때 터키를 중심으로 유럽지역 학자들의 발표와 독특한 나라별 공연들이 있었다. 한국 팀은 우리 협회가 개발한 민속에어로빅스, 스포츠에어로빅스, 새천년건강체조 그리고 아침운동지도를 주관했다. 이때 우리 지도교수와 에어로빅스 선수들이 발표한 내용의 구성과 실기가 대단히 흥미 있다는 반응을 보여 화제가 되었다.

참가자는 이영숙, 나정선, 김설향, 신선애, 김연홍, 윤요숙 등이었으며 이밖에도 김상현, 김은비, 이원미 등 약 30명이 출연했다. 우리 팀의 발표가 기대 이상이었는지 순회공연을 요청하는 대표단도 있었다. 저녁 프로그램에서는 우리 팀의 앙코르 공연이 있었다. 우리는 특히 아침 운동에 회원들을

터키 이스탄불에서 왼쪽 신선애, 김설향, 이영숙, 김상현, 윤요숙, 나정선, 김연홍

위한 프로그램을 별도로 준비하여 실시하였다. 이때 우리 팀의 적극적인 활동으로 아시아지역 사무총장에 김설향 교수가 선출된 바 있다.

저녁에는 밸리댄스 쇼에 초대되었다. 그때 우리가 본 밸리댄스는 우리에게 깊은 감동을 주었다. 터키의 토속적인 밤 분위기에서 독특한 음악이 연주되며 춤추는 밸리댄스는 신기할 만큼 신체동작

김설향 교수와 요시로 하다노 사무총장과 함께

의 기교가 아름다웠다. 너무 바쁜 일정으로 성지순례 관광도 제대로 못한 채 떠난 것이 아쉬움으로 남아 있다. 우리 일행은 46차 세계학술대회를 성공적으로 마쳤다는 사실에 대하여 흐뭇했다.

제1회 한일에어로빅스 교류 기념 파티에서

덴마크 스포츠문화 축제에서(왼쪽부터 장진우 지도자, 휜 버그렌 학장, 이태영 취재부장)

어린이와 청소년들에게 한마음에어로빅스 강습

하와이 회원들의 훌라춤

한국 에어로빅스 세계로 날다

일곱 번째 이야기

한국 에어로빅스
세계로 날다

덴마크, 체코의
스포츠문화를 뛰어넘는
생활체육운동으로

선진스포츠 문화를
배우다

에어로빅스운동은 미국에서 시작되었으나 세계화된 지 이미 오래다. 특히 근래에 와서는 일찍이 스포츠문화로 뿌리를 내린 한국이 앞장서서 아시아는 물론 유럽의 덴마크까지 교류하기에 이르렀다. 세계에서 가장 행복지수가 높다는 덴마크는 이미 1930년대부터 국민건강에 주안한 덴마크체조를 만들어 생활화했으며 더구나 학원스포츠와 생활스포츠를 연계하여 요람에서 무덤까지 평생복지를 실현한 것으로 잘 알려져 있다.

덴마크 어린이들은 체조가 생활화되어 있다. 저녁만 되면 어린이들은 체조를 배운다. 다른 아이에 비해 체조를 잘 하지 못하면 창피하다고 생각할 정도로 체조를 하는 것을 중요하게 생각하고 있다. 어려서부터 이러하니, 덴마크 문화는 곧 체조문화라고 해도 과언이 아닐 것이다.

우리나라 대학에어로빅스와 덴마크체조와의 교류는 1978년부터 시작되어 매우 바람직한 성과를 이끌어냈다. 이 교류를 통해 동서양 스포츠문화의 틈새를 메우면서 상호보완 부분을 찾아내는 노력이 필요하다고 생각된다.

덴마크의 겔레브 스포츠아카데미 휜 버그렌Finn Berggren 학장이 1978년 YMCA 초청으로 한국에 덴마크체조를 처음 보급할 때 상명대학교 체육학과에서 덴마크체조를 강의한 것을 시발로 오늘까지 지속적인 교류를 갖고 있다. 당시 덴마크 체조를 배운 학생들이 현재 대학 강단에서 그 맥을 이어가고 있기에 더욱 보람을 느낀다. 특히 2003년 대구 유니버시아드대회 당시 국제대학에어로빅스축제에 참가한 덴마크 팀이 경북대학교 기숙사에서 함께 생활하며 행사에 참가하여 우의를 두텁게 했다. 그 뒤로 한국에어로빅스건강과학협회와의 교류는 더욱 활발하게 진행되고 있다.

닐스북이 지도하는 덴마크 체조시범단이 처음 한국을 찾은 것은 1930년대로 오랜 세월이 흘렀으나 동서양 전통문화를 융합한 새로운 형태로 발전하고 있다는 점을 주목할 필요가 있다.

우리 대학에어로빅스 지도자 팀은 2004년 1월부터 약 4주간 지도자들과 함께 덴마크 겔레브 스포츠아카데미가 주최한 국제생활체육 지도자 연수교육에 참가했다. 덴마크는 체조를 국민생활 속에 정착시킨 성공사례로서, 이때 4주 동안의 연수과정의 경험을 통하여 우리 지도자들이 글로벌 마인드를 갖고 한 단계 업그레이드 된 콘텐츠를 추구할 수 있었다. 서로의 학술적인 배경을 연구하면서 인간이 어떻게 건강하고 슬기롭게 삶을 유지할 수 있는가, 또한 지도자는 어떤 역할로 스포츠 생활화운동을 전개할 것인가에 대해 심도 있는 토의와 연구를 계속했다. 무엇보다 순수한 스포츠 지도자를 대상으로 전인교육의 사회체육운동의 뿌리를 펴나간다면 어떤 경기스포츠의 결과보다 더 의미 있는 수확이 될 것으로 믿는다.

덴마크 겔레브 스포츠아카데미의 생활체육 지도자 과정은 우리에게는 기대 이상이었다. 매일 아침 8시부터 저녁 5시 이후의 프로그램까지 잠시 쉴 틈도 없었다. 다행히 이곳 D.G.I 에어로빅스 컨벤션에서 덴마크의 에어로빅스 지도자들과 만날 수 있었다. 나는 민속에어로빅스를 시범프로그램으로 준비했다.

덴마크 방문 기회에 체육인이면 누구나 가보고 싶어 하는 스웨덴의 보선Boson도 방문했다. 보선은 스포츠교육과 엘리트 훈련의 중심이었다. 스웨덴 국립종합 스포츠교육 훈련장이라고 할 수 있다. 보선 스포츠대학의 숲속 기숙사에 묵으면서 첨단장비의 과학적인 경기향상시스템과 실내 트랙경기장의 훈련 등을 보고 배울 수 있었다.

2006 덴마크
국제문화스포츠축제

덴마크 스포츠문화축제는 19세기 덴마크 부흥운동을 배경으로 시작된 것으로 4년마다 전국의 지방도시를 중심으로 개최되는데 여기에 참가하는 발표자가 4만여 명에 이르고 지방 체조클럽 회원 10만여 명이 참가한다.

"유럽의 선진 스포츠문화와 교류를 통하여
요람에서 무덤까지 평생복지 실현을 꿈꾸다."

양동자 S.D 회장, 휜 버그렌 학장와 함께

덴마크 겔레브 스포츠아카데미에서 연수하고 있는 한국 팀과 겔레브 팀

상명대 스포츠학부 10주년 기념 덴마크 팀 초청

덴마크 스포츠 문화 축제에서 참가자들이 모두 하나가 된 우리들

20세기 닐스북_{Niels Buku}이 창안한 율동과 신체 리듬으로 구성된 덴마크 맨손체조의 전통을 유지 발전시켜 나가는 평생건강 국민통합의 대축제다.

2006년 6월 25일 막을 연 이 축제에 처음으로 한국대표단이 참가했다. 각 대학 체육교수 중심 25명으로 구성된 우리 일행은 서울을 떠나 덴마크 코펜하겐 공항에 도착했다. 여기서 마침 대구 세계육상 선수권대회 유치활동을 마치고 독일에서 출발하는 박상하 세계정구연맹회장과 만났다. 국제 에어로빅 축제에 해마다 장학금을 주는 그의 정성에 감사하며 겔레브 스포츠아카데미 워크숍에 함께 참가했다.

독일 접경 하더슬레브는 아름다운 전원도시로 유럽과 아프리카 여러 나라에서 온 스포츠문화축제 사절들로 북적였다. 이곳 시민들보다 외래 참가자가 더 많다고 했다. 평화로운 도시풍광도 그러하려니와 레만호와 견줄 만한 광대한 호수를 끼고 축제무대가 곳곳에 펼쳐져 있었다. 행복지수 최고인 나라가 역시 틀림 없어 보였다.

한국에서 떠날 때부터 야영 장비를 준비하면서 설레기도 했지만 덴마크의 황홀한 자연 품안에서 야영한다는 것이 꿈만 같았다. 우리 일행은 학교에서 제공하는 버스를 타고 겔레브 학생과 더불어 축제장으로 향했다.

축제 전날 우선 대형텐트를 산기슭에 설치하는 것부터 작업을 시작하였다. 캠프사이트는 대규모의 텐트촌으로 바뀌었다. 외국 팀 대부분은 야영생활에 익숙해 보였다. 우리 한국 팀 25명은 다른 팀에 비하면 대부대여서 숙소 확보가 선결과제였다. 한 팀에 대형텐트 하나가 주어졌으므로 어쩔 수 없이 전원 합숙해야만 했다.

합숙할 때 가장 큰 문제는 추위였다. 이곳의 6월 날씨는 낮과 밤의 일교차가 심하여 저녁이 되면 겨울처럼 변했다. 이런 환경을 전혀 예측하지 못한 것이 실수였다. 우리는 텐트 바닥에 매트리스를 깔고 침낭 속으로 들어갔지만 냉기를 이겨낼 수 없어 거의 뜬눈으로 밤을 새웠다. 추위에 잘 단련된 북유럽 바이킹족 후예들은 아무렇지도 않다는 듯 셔츠차림으로 활보하는데 우리 일행은 대부분 추위에 약한 여성이라 추위에 덜덜 떨어야 했다. 남성 일행이었던 이태영 자문위원과 장진우 지도자도 조용한 채 말이 없었다. 최고령인 나는 물론 이혜숙, 배소심, 오세복, 신선애, 박윤규, 마정순, 김동아, 유실, 백승옥, 문명숙, 백승옥 등 교수들은 모두 조용한 것으로 보아 이날 밤이 무척 고생스러웠던 모양이다. 하는 수 없이 학교라도 좋으니 다른 숙소를 주선해 달라고 휜 버그렌에게 전화로 긴급요청했다. 다음 날 축제본부에서 알선해준 초등학교 교실은 호텔처럼 느껴졌다.

낯선 곳을 여행하다보면 웬만한 불편이나 다소의 고통은 감수할 수밖에 없는 일이다. 이보다는 대자연의 새로운 세상에 도취되기도 하고 처음 만난 여러 민족, 새 얼굴들과의 만남이나 축제의 경험이 즐거움으로 남는

법이다. 더구나 이러한 체험을 통해 일행의 협력과 헌신 그리고 화합을 보여주었으며 스칸디나비아 여러 나라의 문화를 배우는 좋은 기회가 되었다고 믿는다.

IOC와 유네스코UNESCO가 함께 후원하는 이 행사의 개폐회식은 단순한 체조축제라기보다 현대인의 약동과 화합을 상징하는 문화운동의 성격을 잘 설명하고 있었다. 각국의 고유문화를 표출하고 협동성과 창의성으로 하나의 작품을 만들어가는 그 취지를 잘 살려주고 있었다. 우리 일행은 학회 워크숍의 행사에도 참가하여 국제정보를 교환한 것은 또 하나의 성과였다.

프라하
소콜 슬레트축제

2006 덴마크 국제스포츠 문화축제에 이어 3박4일의 일정으로 그 유명한 소콜 슬레트축제에 참가하기 위해 프라하로 향했다. 덴마크 국경도시 하더슬레브에서 전용 버스 편으로 독일 베를린을 경유, 프라하에 이르기까지 10시간이 걸렸다. 동서의 장벽을 무너뜨린 베를린에서 점심을 즐기고 브란덴부르크를 찾아 독일통일의 자취를 볼 수 있었다.

체육사를 전공하지 않았더라도 지난 날 체코 소콜 운동의 역사적 전통과 그 명성은 이미 널리 알려져 있다. 소콜 운동은 자유와 민주주의를 얻기 위한 민족운동으로 애국심, 신체능력 그리고 도덕적인 인격을 향상시키기 위하여 1962년 체코 프라하에서 출발한 것으로 고대 그리스의 영향을 받아 미로슬라프Mirolav Tyrs(1832~1884)에 의하여 조직되었다고 한다. 그 20주년

슬레트축제가 베를린 올림픽의
나치스축제 2년 후인 1938년에
이르러 절정에 이르렀던 것으로
기록되어 있다. 6년마다 열리는
이번 축제를 볼 수 있다는 것은
행운이었다. 그 무대는 역시 매서
리 스타디움의 대규모의 체조장
으로 20만 명의 인원이 참가했다
고 한다.

소콜은 국민이 단합하여 체조
를 통하여 아름다운 사랑과 건강
한 신체와 체력을 갖자는 운동으
로 슬레트Slet란 철새들의 귀향이
라는 뜻으로 풀이되고 있다. 개회
식을 시작으로 어린이, 청소년 그
리고 60대 노인이 주축이 되어
집단적으로 발표하는 체조, 무용,
민속무용 등 약 3천여 명 정도의
단위로 줄지어 대형의 변화를 꾀
했다. 그들이 젊었을 때 구국운동
으로 참가했다는데 이제 그들은
70대, 80대의 노인이 되어 허리

프라하 소콜 슬레트축제

가 굽었거나 비만형도 많이 눈에 띄었다. 그러나 그 노인들은 세련된 매너
와 운동에 대한 열정과 자부심 그리고 모든 동작에 품위가 있었다. 그리고

남녀비율이 균형을 이루고 발표종목마다 연속적으로 변화하는 움직임으로 화려하게 운동장을 수놓았다. 때로는 어린이 청소년이 노인과 함께 다양한 운동의 표현은 소콜 운동의 미래를 약속하는 듯하다.

이는 체코의 민족적 저력을 확인하는 기회로서 현재 체조 소콜 연합은 1,200개의 피트니스 클럽과 42개 연관단체 그리고 20만 명의 회원 2,250명의 지도자로 구성되어 있다고 했다. 국민화합과 국민건강증진 그리고 즐거움과 기쁨을 나누는 생활체육운동이라고 할 수 있다. 이처럼 훌륭한 심신단련 사회운동의 자부심을 가진 체코사회가 더 이상 발전하지 못하고 위축되어 가는 것 같아 안타깝기만 하다.

중국 연변대학교
백두산에 오르다

2000년대 초 중국은 정치, 경제, 문화에 거대한 시장이 새로운 발돋움의 시작이었다. 중국 연변은 우리와 같은 민족으로 문화를 공유하고 있어 그곳과의 교류는 의미가 깊었다. 이연택 전 국민체육진흥공단 이사장이 새천년 건강 체조를 지원하여 운동을 보급하자는 의도였다. 우리 일행은 흥분과 기대 속에 여러 가지의 기념품을 준비하여 비행기에 올랐다. 말로만 듣던 연길비행장에 도착했다. 이곳은 이모 수녀가 17살 때 수도생활을 시작한 곳이기도 하다. 마침 연변대학교 박흥진 부총장, 신명옥 교수 일행이 플랜카드를 준비하고 비행장에서 환영하였다.

연변대학교 체육관에서 개최한 새천년건강체조와 민속에어로빅스는

연변대학교 체육관에서 개최한 새천년 건강 체조와 민속에어로빅스

그들에게 신선한 충격이었다. 연변대학의 학생뿐만 아니라 지역의 성인들도 대상이었다. 강습회에 참석한 아주머니들은 운동복이 아닌 생활복장 차림으로 왔다. 우리들은 참가회원들이 모자를 쓰고 할 수 있도록 기념품으로 나눠주었다. 언어는 우리와 같으니 무대 위나 아래에서 열심히 설명하면서 모두 땀을 흘리며 운동을 했다. 운동을 하던 중 수강생 몇 명이 갑자기 집에 가야된다고 하기도 했다. 그 이유는 집에 있는 할아버지에게 점심을 차려드려야 한다는 것이었다. 뜻밖이었다. 지난 날 고향에서 할머니가 하였던 생활 습관이 전해져 왔음을 느낄 수 있었다. 체육관을 메운 우리 민족들에게 감회가 깊고 반가웠다. 저녁에는 연변특유의 음식과 술 등으로 연변교수들과 한국교수들은 모처럼 특이한 분위기에서 친목을 다짐하였다. 계속하여 한국에어로빅스건강과학협회와 연변대학교는 축제를 통하여 서로 교류가 활발하게 이루어졌다.

연변대학교를 방문할 때면 우리 일행은 백두산에 오른다. 한번은 백두산에서 내려와 숙소인 대우호텔에 도착했는데 나정선 교수와 이혜숙 교수의 환갑기념으로 배소심, 김종희, 오윤선, 김영숙 등이 상을 차려놓고 만수무강하라고 축제를 연 적도 있었다. 기념사진을 찍는다고 연변대학교 신명옥 교수는 재빠르게 움직였다. 우리 일행은 즐거웠다. 멀리서 들려오는 폭포 소리를 들으며 뜨거운 노천 온천탕에서 장백산 자락에 구름이 덮인 그 절경을 보면서 나는 감개가 무량하였다. 대우호텔에서의 그 기억들이 어제와 같다. 연변대학교를 방문할 때마다 많은 수고를 하였으며 이러한 계기로 중국과의 교류는 신명옥 교수가 담당하는 시작점이 되었다.

나는 백두산에 세 번 올랐다. 갈 때마다 백두산 천지는 푸르게 그 위대함을 자랑하고 있었다. 참 신기하고 웅장하다. 그리고 끊임없이 많은 여행객들이 오르내리고 있다. 백두산을 오르고 내리는 가파른 길이 점차 정리되고 있었다. 나는 그 백두산을 갈 때마다 목숨을 내놓고 가는 느낌이다. 그 위험한 길, 그러나 서커스를 하는 기분으로 기사와 함께 목숨을 내놓고 앞으로 향한다.

우리 에어로빅스 팀이 중국 방문 기회에 백두산에 오른 것은 감격스러운 사건이었다. 우리나라 최고봉에 올랐다는 사실보다 중국과의 에어로빅스 교류를 통해 새로운 희망을 발견했기 때문이다. 아울러 머지않아 꽉 막혀 있는 북한 땅에도 우리의 꿈을 전할 수 있을 것이라는 기대를 담고 있기도 하다. 고향을 떠난 지 60년이 지난 나로서는 머지않은 날 북한을 방문하여 에어로빅스 시범을 통해 평화의 메시지를 전하고 싶은 마음이 간절하다. 저 천지를 둘러싼 외륜봉 남쪽에 살고 있는 북한 동포들은 과연 자유의 숨결, 우리의 열망을 느끼고 있을까, 생각해 본다.

우리 에어로빅스 팀이 조선족자치구 연변대학교의 초청을 받아 이곳을

> 백두산에 오를 때마다 목숨을 내놓고 가는 느낌이다.
> 머지않아 꽉 막혀있는 북한 땅에도 우리의 꿈을
> 전할 수 있을 것이라는 기대를 담고 있다.

백두산에 오른 에어로빅스 팀

북한을 뒤로 다리 경계선에서

방문한 것은 2000년으로 중국의 거대한 시장이 문을 열기 시작할 무렵이었다. 이미 중국은 무서운 속도로 비약하는 경제력을 바탕으로 중화中華 공영권의 확장과 함께 정치파워를 과시하고 있었다. 한 번의 실패를 딛고 8년 후 2008 베이징올림픽 유치에 성공했을 뿐 아니라 세계정치에서 러시아를 제치고 미국과 맞서는 양강兩强 구도의 발판을 만들만큼 막강해진 상태였다.

15억에 이르는 인구의 파워라고 해야 할까, 이제 중국스포츠는 세계를 호령할 정도에 이른 느낌이다. 그들의 전통무예인 쿵푸나 우슈가 올림픽종목 진입을 노리며 태권도를 위협하고 있지만 에어로빅스와 같은 문화운동 측면에서는 그 인프라 환경이 아직도 열악한 상태다. 따라서 우리가 선도적 위치에서 중국과의 에어로빅스 교류를 이어가게 되기를 소망한다.

다행이도 우리 일행이 연변대학을 방문할 때마다 열심히 안내하고 성실하게 도우며 사랑을 받던 학생, 송성철이 그 이후 상명대학교 대학원에 입학하여 박사 학위까지 취득하였다. 그리고 귀국하여 현재 연변대학 체육학과 교수로 재직하고 있으니, 무엇보다 큰 결실이며 보람이 아닐 수 없다.

국제시니어
건강표현체조축제

일본건강음악연구회 이사장 도요타 에이치가 1992년 4월 일본 시즈오카 하마마쯔시에서 고령자를 위하여 '건강하자' 라는 슬로건을 내세우고 일본 건강음악연구회를 창립한지 20년이 흘렀다.

도요타 이사장은 건강을 위하여 다양한 방법을 연구하여 일본 국민들이 고령자들에게 높은 관심을 갖게 하였다. 더불어 노인 스스로 체력유지와 신체조절방법 등을 음악과 함께 즐거운 운동을

사이토 기요코 교수와 도요타 에이치 이사장과 함께

할 수 있도록 하였다. 특히운동반주음악기계를 제작하여 건강체조를 효과적으로 할 수 있도록 개발하였다. 아울러 시니어건강표현체조축제를 통하여 점차 회원이 증가되고 지부조직 등으로 일본건강음악연구회는 날로 발전하고 있다.

2000년 6월 상명대학 공관에서 도요타 에이치 이사장, 사이토 기요코 교수와 내가 처음 만나면서 교류가 시작되었다. 그들은 한국과의 교류를 위하여 오랫동안 탐색하고 삼고초려를 불사하기도 했다.

일본 건강체조의 음악은 일본에서 옛부터 전해 내려오는 동요와 가요에서 반주만을 사용한다. 안무는 사이토 기요코 전 나고야 산업대학 교수가 전담하고 있다. 그러므로 어디가나 그 음악기계를 가방에 넣고 다니면서 칩을 끼우기만 하면 건강체조 음악이 나오고 속도와 강약의 조절이 가능하게 되어 있다.

도요타 에이치 이사장은 10년 전부터 나를 만날 때마다 이제 앞으로 할 사업은 노인건강에 관한 것이라고 강조하곤 했다. 우리 협회에도 우리나라 가요를 편곡하여 음악기계에 넣어 지도자들이 쉽게 익힐 수 있도록

편의를 제공해 주었다. 일본건강표현체조연구회는 처음 10명의 지도자로 시작했으나 지금은 지도자 100명으로 증가했으며 클럽 수도 300개, 전체 회원 수는 약 5,500명으로 날로 발전하고 있다고 한다. 그리고 각 지역별로 축제를 정기적으로 개최하고 있으며 하와이, 브라질, 캐나다 등의 지부를 두고 지원하고 있다. 외국의 지부는 일본교포를 중심으로 하고 있다. 그 분들이 젊은 시절 고국에서 불렀던 그 가락에 맞추어 노래하면서 운동하다 보면 눈물을 흘리며 고국을 그리워하기도 한다는 이야기다.

2000년 시즈오카 현 하마마쓰에서 건강표현축제에 나는 처음으로 참가하여 시니어건강표현체조에 관한 일본의 현황을 파악할 수 있었다. 우리는 2001년 한국대학에어로빅스축제에 일본 팀을 초청했다. 당시 한국가요 '만남'을 주제로 건강체조를 구성하여 약 20명의 회원이 올림픽공원 제3체육관에서 멋진 시범을 펼쳤는데 이 실황이 SBS TV로 전국에 생중계되었다.

일본 시니어 팀은 한국에 방문하여 새로운 경험으로 흥분과 감동을 받아 그 기억을 소중하게 간직할 것이라고 하였다. 그들의 움직임은 동작이 정확하고 통일되어 있었다. 뿐만 아니라 질서정연하고 그들은 침착했다. 총책임자인 도요타 이사장은 지도자와 함께 약 2주 전에 사전답사하여 올림픽체육관 현장을 찾아 입장하고 퇴장하는 장소, 위치 등까지 세밀하게 점검하곤 했다. 이후 본 협회와 일본건강음악연구회와의 프로그램 교류, 지도자 강습 등 교류가 본격적으로 활발하게 이루어졌다.

2002년 일본에서 창립 10주년 기념 유니버설 무브먼트 Universal Movement 의 대축제가 있었는데 체육관 스탠드 좌석에 모두 질서정연하게 앉아 개회식을 준비하고 있었으며 마룻바닥에도 많은 회원들이 앉아 있었다. 개회식과 특별 행사등으로 오랜 시간이 경과되었으나 하나도 흐트러지지 않고 그

일본에서 개최한 일본 하마마쯔 국제표현체조 개회식

대로 질서정연하게 앉아 있는 그들의 모습에 나와 함께한 한국 지도자들은 감탄하지 않을 수 없었다. 그리고 일어나서 하는 운동은 팔, 다리가 쭉쭉 펴지는 신체동작에 나는 깜짝 놀랐다. 지속적으로 지도를 받고 운동하는 것이 얼마나 중요한지를 증명해 주고 있었기 때문이다.

오랫동안 나와 한국에어로빅스 지도자, 각 대학 담당교수들이 활발하게 교류함으로서 우리는 서로 밀접한 관계를 유지하게 되었다. 일본 시니어 팀은 대학에어로빅스축제와 장관배 전국에어로빅스대회에도 거의 해마다 참가하여 한국의 시니어 팀과 친숙한 관계를 유지하고 있다.

특히 2010년에 하와이에서 개최되었던 시니어국제건강표현체조축제에 한국 팀 34명이 참가하였는데 일본, 한국 그리고 하와이 시니어 팀들과의 만남은 더 기억에 남는다. 한국 삼성노블카운티 회원들로 백승옥 선생이 오랫동안 지도했으며 발표종목은 본 협회에서 개발한 민속에어로빅스와 3세대 건강가정운동이었다.

하와이 국제시니어건강표현체조축제

　　삼성노블 카운티 팀은 하와이 원정 발표를 목표로 열심히 연습했다. 옷들도 같이 주문하는 등 마치 빅 파티를 벌이는 분위기였다. 그런데 한국에서 출발하여 하와이에 도착하는 시간이 비행스케줄 때문에 밤 11시 30분이었다. 긴 시간 여행으로 65세 이상 75세, 85세에 가까이 된 회원들의 컨디션이 걱정되었다. 하와이공항에 도착하여 그들의 상태를 살핀 나는 너무나 놀랐다. 모두 웃으면서 하와이 꽃목걸이를 걸고 큰 가방들을 끌며 발걸음도 가볍게 걸어나오는 것이 아닌가. "피곤하지 않으세요? 고생스럽고 지루하셨죠?"하고 물었다. 그러나 대답은 한결같이 "좋았어요"라고 기분 좋게 대답했다.

　　이튿날 일정은 아침 7시 식사, 9시 개회식이었다. 그런데 아침 7시에 식당에 모인 이들은 벌써 예쁘게 화장까지 마친 상태였다. 밤새 짐을 풀고 정리하며 잠도 청하지 못했을 터이니 얼마나 피곤하셨을까, 염려되었지만 이는 기우였다.

9시 개회식과 더불어 한국 팀 발표가 있었다. 예정대로 삼성노블카운티 팀은 정말 훌륭하게 발표하여 일본과 하와이 팀보다 앞섰다고 생각한다. 아리랑 군무까지 한복 색깔을 조화롭게 차려 입고 젊었을 때의 끼를 발휘하는데 감탄을 하지 않을 수 없었다. 그리고 북과 꽹과리를 치며 흥을 북돋는 우리 한국 팀은 단연 독보적이었다.

나는 머리에 갓을 쓰고 바지와 도포를 입고 부채를 들은 이 도령 역을 맡았다. 모처럼 끼를 발휘하여 멋지게 춤을 추었다. 춘향(유실)이와 함께 사랑의 표현도 하였으며 시녀들의 아름다운 수건 춤으로 모두 황홀하게 하였다. 어디에 가나 한국 팀 그 실력은 최고였으며 항상 새롭다는 평가를 받았다. 우리는 최고 전문단체가 아닌가. 한국뿐만 아니라 세계로 날고 있다.

우리는 아리랑을 참가자 전원에게 지도하는 것으로 대미를 장식했다. 중국 연변대학에서 온 신명옥 교수는 일본 시니어축제 때 양어머니인 하와이 회원을 만나 서로 기뻐하고 흥분된 시간도 가졌다. 하루 종일 축제에 참가하여 리셉션까지 마치고 호텔에 돌아오면 저녁 9시가 넘었다. 얼마나 강행군이었는지. 그러나 모두 에너지가 남아 있는 것 같이 보였다.

지구의 낙원인 하와이에서 마음껏 실력을 발휘하고 행복한 시간을 가진 우리 시니어 팀이 자랑스러웠다. 약 300명의 골든 시니어들이 하와이에서 펼친 표현체조운동의 성과는 활기찬 또 다른 삶의 아름다움과 즐거움이었다고 말하고 싶다. 그리고 행복한 순간이었다. 그동안 땀 흘려 온 우리 에어로빅스운동과학이 바르게 효과적으로 이루어지고 있다고 공감하면서 기쁨과 보람을 느꼈다. 보람찬 삶을 위한 건강운동 그리고 즐겁고 행복하게 오래 살 수 있는 행복의 열쇠는 무엇인가. 전문지도자로서 그 역할을 생각하며 아름다운 하와이의 저녁노을에 홀라춤에 취해보았다.

유니버시아드와
아시아드 광장에서

여덟 번째 이야기

유니버시아드와
아시아드 광장에서

대학문화의 순수한 노력으로
국제무대에서 성공 가능성을
열었다.

2003 대구 하계유니버시아드와
국제대학에어로빅스축제

우리나라 에어로빅스운동의 성장 동력은 한마디로 대학의 힘이다. 대학의 발판이 없었다면 아마도 체력단련 스포츠센터나 비즈니스 헬스클럽의 토대에서 벗어나기 어려웠을 것 같다. 미국대학이 에어로빅스 바람을 일으키는 모체가 되었듯이 우리나라도 대학의 순수한 노력이 있었기에 건강한 사회를 만들어가는 동력으로 대학문화가 자리 잡을 수 있었다고 본다.

국제대학스포츠연맹FISU Intern
ational University Sports Federation이 주
관하는 유니버시아드운동과 에어
로빅스운동은 일맥상통하는 점이
있다. 에어로빅 창시자인 쿠퍼 박
사의 순수한 이상을 반영한다는
의미에서 이는 매우 바람직한 일
이다.

2003 유니버시아드를 마치고 김종량 대회장과 함께

유니버시아드와 에어로빅스
의 만남은 2003년 대구에서 처음
이루어졌다. 경쟁부문의 정식종
목에 들어간 것이 아니라 시범경
기의 성격을 띤 부대행사로 참가
한 것이다. 유니버시아드의 탄생
이 처음 이탈리아 중심으로 유럽
에서 발전했으며 육상경기에서 출발하여 대학올림픽 형태로 커진 만큼 상
업주의 미국문화와는 그 토대가 다르다. 따라서 미국 판 에어로빅을 엘리
트 스포츠의 경쟁종목으로 만들기는 어려운 일이다.

올림픽에서의 리듬체조처럼 공식종목에 채택되기는 어렵다 해도 시범
또는 전시종목에 들어갈 수 있는 가능성을 비춰준 것이 바로 대구 유니버
시아드대회였다. 여기에는 우리 에어로빅스 지도자의 노력이 컸다. 또한
이 국제이벤트에 FISU와 KUSB 수장이 함께 참석하여 큰 관심을 기울였
다는 사실을 주목할 필요가 있다. 이 행사를 기획하고 진행한 지휘자로서
나는 성공적인 실험에 큰 보람을 느꼈다.

대구는 6·25사변 때 피난 지역에서 오랫동안 교편을 잡으며 배우자도 여기에서 만나 결혼하였다. 그리고 대구여중과 효성여고에서 교사로 근무하다 서울로 진출하여 인연이 깊은 곳이다. 또 제자들도 여러 학교에서 근무하고 있었다. 대구 2003 유니버시아드는 여러 측면에서 나는 깊은 관심을 갖게 되었다. 대구 박상하 회장, 김종량 총장이 직접 관계해준 대학인의 국제스포츠축제이므로 본 협회 임원들은 역사적인 대회에 동참하기를 원하였다. 경북대학교 대강당에서 행사를 하고 각 대학 선수들 그리고 외국 선수들도 경북대학교에서 기숙하기로 하고 본격적인 행사를 추진하였다.

예산은 국민체육진흥공단, 대구유니버시아드조직위원회의 지원과 LG생활건강의 협찬으로 무리 없이 대회를 마칠 수 있었다. 또한 SBS가 2시간 동안 생방송으로 중계해줘 홍보효과도 만점이었다. 참가인원은 국내선수

350명, 외국선수 덴마크, 일본, 중국, 스페인, 인도, 독일 등 100여 명이었다. 대구시민 수천 명이 각국 서포터스가 되어 열렬히 응원하여 분위기도 좋았다.

이런 국제행사를 준비하고 시행할 때는 치밀한 계획뿐만 아니라 지도교수의 노력과 협조가 있었기 때문에 성공적으로 치를 수 있는 것이다. 특히 숙명여대의 나정순 교수는 각 대학 선수들의 방 배정을 담당하는 중요한 역할을 하였다. 책상 위에 열쇠를 진열해 놓고 호명하며 방을 배정하였으며 반납하는 작업까지 훌륭하게 하여 주었다. 그리고 동덕여대의 배소신 교수는 새천년건강체조축제 도중 FISU 집행위원들이 행사장에 도착할 때 재빠르게 환영 이벤트를 준비하였다. 귀빈 의자도 옮겨 놓으며 순발력 있게 준비하여 주었다. 그 기억들이 새롭다. 현재 나정선, 배소신 교수는 은퇴하였지만 그들의 헌신적인 노력의 흔적들이 모여 오늘의 기반을 이루어 놓은 것이다.

대회일정은 첫날에는 국제대학에어로빅스축제와 환영리셉션, 둘째 날은 새천년건강체조로 정했다. 특히 덴마크에서는 겔레브 스포츠아카데미의 휜 버그렌 학장이 지휘하는 시범단을 보내주었다. 이때 중국 팀은 북경이공대학 양빈 부학장의 인솔로 선수 30명이 참가했다. 선수들은 에어로빅스 경기는 물론 중국 무술도 펼쳐 그 화려한 액션에 모두가 처음 본 중국 전통예술에 감탄하였다. 축제에 동참해준 고문, 자문위원, 심사위원 등 임원진은 하권익 고문을 비롯하여 이요식, 육완순, 전신순, 김숙자, 이태영 등으로 이들 모두 경북대학교 기숙사에서 3박4일의 일정을 함께했다. 국제 또는 국내에어로빅스축제 때마다 협회의 울타리가 되어준 사람들이다.

축제 첫날 개회식에는 대구시장인 조직위원장, 경북대학교 총장, 각 국 대표로 일본의 오노 기요코 회장, 덴마크의 휜 버그렌 학장, 중국대표 등이 참석하여 성황을 이루었다. 특히 많은 관중이 참석한 데다 계명대학교 김옥분 교수의 지도 아래 색깔별로 배부된 티셔츠로 스탠드를 장식하여 개회식이 더욱 빛날 수 있었다.

이튿날 새천년건강체조대회의 예선을 마치고 심판회의를 갖고 있던 중 돌연 대회장으로부터 전화가 왔다. 킬리안 FISU 회장과 집행위원들이 행사에 참석하겠다는 연락이었다. 세계연맹의 VIP들이 우리 에어로빅스건강체조를 참관하는 것은 영광이지만 은근히 걱정이 되었다. 궁리 끝에 특별한 환영이벤트를 만들기로 했다. 먼저 FISU 음악을 구하고 본부석 무대 그리고 관중, 지도자 모두 함께 어울려 가벼운 에어로빅스에 동참한다는 내용이었다.

마침내 FISU 집행위원들이 입장하고 김종량 대회장이 환영사를, 킬리안 위원장은 축사를 해주었다. 그리고 FISU 음악에 맞춰 무용과 학생들이 예쁘게 단장한 한복을 입고 꽃다발을 증정하였다. 다음은 내가 선물을 증정하는 순서로 집행위원들에게 인상 깊은 이벤트를 진행하였다. 끝으로 대전 원효순 지부장이 지도하는 가벼운 에어로빅스를 관중과 함께 무대에 있는 귀빈들 모두 함께하는 경쾌한 움직임은 킬리안 FISU 위원장의 마음을 사로잡았다. 그리고 대회가 계속되는 발표를 보고 있던 중 다음 스케줄이 있다며 떠나기 싫어하는 아쉬움을 남긴 채 총장 일행은 떠났다. 짧은 시간이었지만 한국대학스포츠의 문화적 위상을 높이고 발전을 꾀하는데 도움이 되었다면 다행이다. 미국인인 킬리안 위원장은 귀국하여 나에게 답장을 보내주었다. 집단 에어로빅스에 동참한 것이 너무 인상적이고 좋았다며 많은 발전이 있기를 기대한다고 인사를 전했다.

대구 유니버시아드 개회식

2010 광저우
아시안게임

아시안게임에서도 우리 에어로빅스가 빛을 발했다. 에어로빅스는 올림픽 시범 또는 전시종목에 한 번도 들어간 적이 없었다. 그럼에도 2010년 중국 광저우 아시안게임 조직위원회는 인민 대외우호협회의 지원을 받아 우리 에어로빅스건강과학협회 시범단을 초청하여 아시안게임 공식무대에 첫선을 보였다. 아시안게임 조직위원회가 럭비, 태권도, 배구, 축구 등 여러 경기장에서 에어로빅스 시범을 갖도록 에어로빅스 한국 팀을 주선하고 초청해준 것이다.

나는 상명대학교 시범단을 선발하기로 하고 감독은 신선애, 코치는 김상현, 통역은 연변대학의 신명옥 교수와 선수 20명으로 팀을 구성했다. 시범내용은 서울올림픽을 상징하는 '손에 손잡고'를 편곡한 것으로 한국의 대표적인 민요, 아리랑을 배경음악으로 사용하고 세계 속에 발전하는 대한민국의 도약과 화합된 모습을 펼치는 내용으로 짜여졌다.

광저우 아시안게임 전까지도 우리와 중국의 교류는 꾸준하게 진행되었다. 국제대학에어로빅스축제에 베이징 체육대학과 광저우 체육대학 팀을 초청하였으며 특히 광저우 체육대학은 한국에서의 경험으로 한·중·일 대회를 개최한 바 있어 조금도 어색하거나 낯설지 않았다.

우리가 대학생 팀을 보낸 것과는 달리 일본은 청소년 팀을 참가시켜 경쟁이 될 수 없었지만 우리의 실력은 단연 돋보였다. 광저우 아시안게임 경기장에서 태극기를 내걸고 아리랑으로 시작하는 우리의 멋진 연기에 주최 측 중국 임원들도 감탄할 뿐이었다. 나는 자부심을 가질 수 있었으며 큰 보람도 느꼈다. 특히 경기장의 푸른 잔디 위에 아시안게임 깃발과 함께 태극

광저우 아시안게임 에어로빅스 선수 팀

기가 휘날리는 그 모습은 정말 자랑스러웠다.

우리는 한국문화의 얼을 그들에게 보여준다는 생각으로 최선을 다했다. 하루는 럭비경기장 리허설 중일 때 본부의 여자임원 하나가 찾아와 경기장 내에서는 태극기 응원을 삼가줄 것을 요구하는 것이었다. 중국은 북한을 의식한 탓인지, 의외로 한류(韓流)에 대해 민감한 반응을 보이고 있었다. 우리는 이에 아랑곳하지 않고 한국의 혼을 보여줄 셈으로 유니폼 뒷면에 태극마크를 넣고 제작했을 뿐만 아니라 음악은 이미 한국 민요인 아리랑을 채택한 터라 태극기를 시작과 끝에 흔들지 않아도 대한민국의 이미지가 직간접적으로 나타나게 되어 있었다. 우리의 시범은 이어서 태권도장, 축구장, 배구장 등에서도 예정대로 진행되어 관중들의 뜨거운 환영과 응원을 받았다.

에어로빅스 시범을 성공적으로 마친 일행은 광저우의 아름다운 야경을 유람선으로 돌아보았다. 그동안 많이 발전된 중국의 저력을 확인할 수 있었다. 중국은 베이징올림픽, 상하이 세계박람회, 광저우 아시안게임 그리고 선천의 유니버시아드 등 빠르게 세계화를 위해 달려가고 있었다.

과거에는 중국하면 떠오른 것이 그 옛날 호떡장사, 여자가 도망가지 못하도록 발을 작게 하기 위하여 발을 동여매어 뒤뚱뒤뚱 걸어다녔던 중국 여인들이었다. 그러나 지금의 중국은 도로에 자동차를 몰고 나오고 길거리는 많은 여성인파로 북적이는 등 활기가 넘쳐흐른다. 또 중국여성은 가정뿐만 아니라 직장에서도 그 파워가 막강하다고 한다.

대학이 밀집된 대학촌을 돌아보니 현대식 건물들이 즐비하게 늘어서 미국이나 유럽 어느 나라를 연상케 한다. 중국의 경우 국가발전의 저력이 경제력에서 비롯된 것이라지만 명문 칭화대학을 비롯하여 중국대학이 문화의 바탕을 이루고 있음을 느낄 수 있었다.

중국인들은 아침에 공원에서 운동을 하는 것으로 하루를 시작한다. 우리 숙소인 백조호텔 근처 공원에서도 시민들이 운동종목별로 모여 열심히 운동하는 모습을 발견할 수 있었다. 건강체조, 활쏘기, 풍선, 부채, 공을 들고 하는 기구운동 그리고 가사를 큰 나무에 붙이고 보면서 열심히 노래하는 남녀 시니어들, 이밖에 사교춤을 익숙하게 추며 남녀가 손잡고 돌고 있었다. 특히 고령층 어른들의 유연하고 여유로운 쿵푸 등 아침마다 공원 곳곳에서 운동하는 시민들을 만날 수 있었다. 반가워서 나도 같이 따라 해보았다. 현대인의 건강, 특히 시니어 프로그램은 이렇게 함께하는 아침운동에서 더욱 효과를 나타내는 것이 아닐까.

나는 본부의 특별한 배려로 폐회식에도 초청받았다. 강가에 세워진 무대의 스케일과 화려함도 그러하려니와 이 세리머니를 위해 그 많은 인원을

광저우 아시안게임 에어로빅스 팀 시범

치밀하게 훈련시킨 그들의 노력, 그리고 중국의 문화적인 저력에 감탄했다. 강에서 흐르는 물과 육지 위 하늘로 솟아오르는 분위기를 연결한 작품 구성에서부터 성화를 중심으로 온갖 재주를 총동원한 폐회식의 꽃불이 하늘을 수놓는 그 테크닉이 특히 압권이었다. 광저우 아시안게임은 아시아의 전통문화를 계승하며 중국의 경제력과 경기력을 한껏 과시하려는 그들의 의도를 잘 표출하고 있었다.

광저우 아시안게임에서의 우리 대학에어로빅스 팀 시연은 그동안 쌓아 올린 한국대학에어로빅스축제가 그 밑거름이 되었다고 생각한다. 또한 그동안 아시아 여러 나라와 좋은 유대를 바탕으로 한 노력의 결실이라고 믿는다.

한·중·일 교류의
물길 열다

한·중·일 에어로빅스 교류는 일찍 2000년부터 전국대학에어로빅스축제에 연변대학을 초청하면서 시작되었다. 이어 2001년 북경 체육대학 장증만 부학장과 연변대학의 박홍진 부총장이 선수 각 15명씩을 인솔하고 전국에어로빅스축제인 올림픽공원에 참가함으로써 교류가 이때부터 활발하게 이루어졌다. 당시 축제를 마치고 올림픽 파크텔에서 한국과 중국의 우애를 다짐하며 환영 리셉션에서 다같이 손을 잡고 원을 만들어 깊은 우정을 나눈 바 있다.

일본은 참의원이었던 오노 기오코 회장과 2000년 파리 국제여성스포츠대회에서 만나 한일에어로빅스 교류에 협의를 하여, 2001년 일본은 도요타 히로시사 이사장을 한국에 파견하여 나와 협회 임원들과 진지한 의견을 나눈 결과 2002년 제1회 한일 에어로빅써키트 선수권대회가 한양대학교 체육관에서 전국대학에어로빅스 축제와 함께 개최될 수 있었다. 이때에 일본에서는 오노 기오코 회장을 중심으로 일본 철도 건설 공사 마츠오 총재, 일본항공여객 아라이 국제 사업부장 등과 선수 50명이 참가했을 뿐만 아니라 일본에서 가장 인기가 있었던 챔피언 히로우키 우에다, 노무라 겐치, 유리코 이토 등이 워크숍과

한·중·일 에어로빅써키트대회

시범경기를 보여 한양대학교 체육관은 열기로 뜨거웠다. 그리고 일본에서 유명한 라지La zee 시범단이 힙합, 에어로빅스를 발표했다. 특히 하루키 코마 선수의 연기가 가장 인기를 모았다. 한국에서는 각 대학의 단체경기 팀과 시니어, 일반부 약 400명이 참가해 제1회 한일 에어로빅써키트대회는 대성황을 이루었다.

일본에서는 한·일 에어로빅스 교류회가 일본 무사시노 종합체육관에

아시아 에어로빅써키트대회 환영 리셉션에서(일본 효고현 유메무다이)

서 개최되었다. 한국은 에어로빅스단체경기 규정을 일본 지도자들에게 강습하고 일본은 써키트 규정을 재차 설명했다. 저녁에는 '한일 교류 친선의 밤'을 열고 한국과 일본 지도자들의 유대를 강화했다. 이어서 일본에서 개최한 후쿠오카, 도쿄대회 등에 에어로빅스대회에 한국 팀이 참가함으로써 이제 친목이 아닌 경쟁으로 각각 에어로빅스의 기량을 겨루었다.

2003년 대구 하계유니버시아드 대학축제에 오노 기오코 회장을 중심으로 많은 일본 선수들이 참가한 협력의 우정에 감사했다.

2004년에는 한·중·일 에어로빅스선수권대회가 중국 광저우 체육대학에서 개최되었다. 한국에서는 임원과 선수 약 30명이 광저우 체육대학 기숙사에 체류하면서 중국과의 기술교류에 박차를 가했다. 이때 슈종강 광저우대학 총장은 한국에서의 대학에어로빅스 축제에서 받은 깊은 인상을 밝히면서 성대한 환영만찬을 베풀어 주었다.

한·중·일 에어로빅스 선수권 대회는 이제 친목의 단계를 벗어나 치열한 경쟁으로 발전하여 각국 임원들과 심사위원들의 시선이 훨씬 날카로워졌다. 서로의 신경전이 시작된 것이다. 종합성적은 한국이 단연 우위를 점했다. 여자 1위는 한국 이상미, 남자 1위 역시 한국 안중성. 이렇게 광저우에서의 한·중·일 에어로빅써키트선수권대회에서 보여준 한국의 저력은 확고부동했다. 이와 같은 과정을 거치며 한·중·일 에어로빅 교류는 발전해왔다. 한·중·일 교류의 중심적인 역할은 두말할 것 없이 한국이다.

에어로빅써키트 대회 80세 선수와 김설향 회장

아시아 에어로빅써키트대회에 참가한 한국 심판

일본은 에어로빅써키트가 중심이 된다. 그동안 나는 몇 차례 일본대회에 참가할 때마다 직장인 중년남자, 노련한 신사 그리고 우아한 주부들이 아름답게 단장하고 대회에 참가하여 최선을 다하는 모습을 보고 항상 감탄했었다. 그리고 어린이, 청소년들까지도 자발적으로 참여하는 분위기가 우리와는 차이가 있다고 느꼈다.

2011년 12월 일본 효고현 아와지섬에서 개최한 제1회 아시아에어로빅스선수권대회에서 80세 할머니가 결승에 진출하여 싯업 종목을 포기하지 않고 자신 있게 끝까지 마치는 모습에 감명 받기도 했다. 에어로빅써키트의 성과가 어떤 것인지 다시 한 번 더 깊게 생각하는 계기가 되었다. 시상식에서는 한국의 임세영 선수가 싱글부분 최우수 선수에 뽑혀 미화 3,000달러의 상금을 받았다.

중국은 가장 늦게 에어로빅스운동이 보급된 나라임에도 불구하고 인구가 큰 폭으로 늘어나 대중성과 다양성이 있다는 강점이 있다. 개인경기의 기술수준도 대단히 우수하고 경기가 시작되면 몇 천 명이 예선경기에 참가하여 행사 일정이 일주일 이상 소요된다고 한다. 역시 엄청난 인구의 위력을 증명하는 현상이다. 중국학생에어로빅스협회CSARA 사무총장 슈훙진이 중심이 되어 북경 체육대학, 광저우 체육대학, 연산대학, 서남교통대학, 산동사범대학 등이 그동안 국제대학에어로빅스 축제에 참가해 왔는데 그 수와 규모는 계속 무섭게 늘어날 전망이다.

국제대학에어로빅스축제
20년의 성장

제1회 경기종목은 단체경기 1종목으로 시작하여 현재 8개 종목으로 증가되었다. 본 축제는 대학별로 체육을 전공하는 학생을 참가자격으로 경기인원은 15명으로 하였다. 그것은 학교에서 자치적인 활동으로 지도교수의 승인을 받아 출전할 수 있도록 하였기 때문이다. 대학 캠퍼스에서의 활동은 경기 심판규정에 따라 실시, 예술로 나누어 실시는 정확성, 숙련도, 난이도, 통일성 등으로 하고 예술은 창의성, 안무 및 연기, 다양성, 대형 꾸미기 등으로

" 해마다 3천여 명이 참가하는
한국대학에어로빅스축제는 명실공히
대학문화의 중심이라고 할 수 있다. "

사회 왼쪽 젝슨 리(아리랑 TV), 오른쪽 신선애(본 협회 상임이사)

국제대학에어로빅스단체경기 종목

협동과 하모니가 형성되어 최고의 기량을 발휘할 수 있도록 심판강습과 자격부여 등으로 많은 연구를 통하여 실행 계획을 구체적으로 수립하였다.

기구단체경기는 제3회부터 추가시켜 기구를 활용하여 운동효과를 얻도록 하였다. 그것은 운동기구를 의미 없이 시각적인 효과를 얻기 위한 것이 아니라 기구의 선택에 따라 그 운동기구를 활용한 다양한 근력 운동 등의 방법으로 구성한다.

피트니스단체경기는 제8회부터 추가시켜 그 시대의 젊은 학생들에게 흥미를 갖고 유행하였던 재즈, 힙합, 브레이크댄스, 체조, 무술, 곡예 등을 접목시킨 경기로 창의력 개발과 종합적인 운동 능력을 향상시키는 것으로 위 영역 중에서 3가지를 선택하도록 규정하였다.

치어단체경기는 제13회부터 시행한 종목으로 협동과 조화를 통한 예술적인 새로운 영역으로 공간과 지상을 연결하는 기교로 펼쳐지는 에어로빅스 동작, 기계 · 리듬체조, 무술 등으로 개인의 연기와 단체가 상호 협력하여 최고의 기능을 발휘할 수 있게 하였다.

태권에어로빅스경기는 제14회부터 시행한 종목으로 태권도의 기술심사와 에어로빅스의 예술심사로 구분하였다. 필수 난이도는 기본발차기, 도약발차기, 회전발차기 등으로 에어로빅스 요소가 복합적으로 포함되고 대형의 변화, 꾸미기 등 8박자 구성능력, 32호 간의 구성능력으로 이루어진다.

요가코라스경기단체는 제17회부터 시작으로 아름다운 신체육성을 위한 부드러운 흐름의 변화로 공간형성으로 개인 또는 집단으로 표현하고 발전시키는 것으로 호흡과 신체움직임 그리고 정신세계의 신비로움을 요가코라스를 통하여 조화롭게 형성시키는 것이다.

대학축제 20주년을 기념하여 에어로빅스테라피단체경기를 탄생시켰다. 운동부족으로 인한 신체적, 심리적, 정신적 스트레스를 통한 부작용을 에어로빅스운동으로 회복시켜주는 과정으로 운동부족의 영역, 치료운동의 영역, 회복운동의 영역 3가지가 모두 포함되어 연출하고 구성한다.

퍼레이드경기는 제15회부터 개회식 이벤트로 참가별 교기를 앞세우고 학교별 표시판을 들고 팀의 특징을 나타낼 수 있게 한다. 필수동작으로 바른자세 걷기, 행진의 질서와 정렬 그리고 지휘자의 통솔 등으로 행진의 조화와 아이디어 등을 채점하는 것으로 개회식을 장식한다.

응원경기는 젊은 대학생의 열기로 분위기를 조성하고 선수들에게 자신을 갖고 최선을 다할 수 있도록 격려한다. 첫째, 인원동원에 따라 점수를 제공한다. 둘째, 응원의 질서가 유지되어야 한다. 셋째, 창의성과 지속성이다. 이와 같은 응원경기는 성공적으로 수행하기 위하여 색깔 깃발로 통제한다. 이처럼 한국대학에어로빅스축제는 20년 동안 8개 단체경기종목으로 시작하여 세계적으로 유일무이한 축제로 발전하였다.

참가대학 수는 20개 학교부터 시작하여 42개 학교로 증가하였다. 개인경기를 제외하고 단체경기 종목으로 한정하면서 외국 팀을 포함하여 참가대학 평균수는 약 35개 학교 이상이고 참가인원은 응원을 포함하여 해마다 총 약3,000명이 집계되고 있다.

활력이 넘치는
세상을 꿈꾸며

에어로빅스운동은 우리나라에서 새롭게 태어났다. 심장병이나 고혈압을 예방하는 건강운동으로 미국에서 시작된 이 운동이 노인건강에 그치지 않고 청년의 활력을 북돋는 사회복지나 대학문화의 하나로 발전했기 때문이다. 미국의 쿠퍼 박사가 처음 이 운동을 펼치기 시작할 때 참가자들은 40대에서 60대가 대부분이었다. 당시 이 운동을 체험한 많은 사람들이 생명보험에 가입한 것이나 다름없다고 만족을 표시했으며 일부 여성들은 미용운동의 효과를 자랑한 것이 사실이다. 다시 말해서 젊음을 되찾기 위한 살빼기운동 정도로 생각했을 수도 있다.

사실 내가 미국에서 공부하고 있을 때 미국의 에어로빅 지도자들은 신체적성운동의 범주 안에서 이 프로그램을 연구하고 보급했다. 그런데 이 운동이 많은 의사와 공중보건당국자들의 검증에 의해 급속히 보급되면서 주목을 받기 시작했던 것이다. 당시 미국에서는 한 해에 거의 100만 명에 이르는 사람들이 심장병으로 죽어가고 있었기 때문에 심장충격 Heart Attacks으로부터 벗어나기 위해 이 운동에 비상한 관심을 기울이게 된 것으로 생각한다. 이러한 상황에서 관상심장질환 또는 이와 관련된 혈관질환의 기회를 줄일 수 있다면 이야말로 예방 의료라는 측면에서 대단한 성과가 아닐 수 없다.

나는 솔직히 의학에 대해서는 전문적 지식을 갖고 있지 못하다. 그러나 우리가 건강한 신체를 만들어야만 우리 사회 전체가 건강해질 수 있다고 믿는다. 만성질병에 시달리는 노년층도 그렇지만 입시지옥 등 교육의 제도적 파행으로 인한 청소년의 무기력증 또는 나약함을 보면서 이를 근원적으로 해결하기 위한 사회운동이 절실함을 느끼고 있다. 요즘 경제성장으로 생활이 윤택해지면서 웰빙이니 로하스니 듣기에도 좋은 생활패턴의 변화를 읽을 수 있지만 행복의 원천은 신체의 건강에 있다는 사실을 부정할 사람은 없을 것이다. 지난 세월 반세기 이전 한동안, 미국에서 스포츠의 경기승부보다 신체적성을 기르자 Witness to Fitness는 바람이 일어났던 사실을 주목할 필요가 있다.

앞에서 에어로빅스운동에 참여하는 것은 생명보험에 가입하는 것과 마찬가지라는 주장을 했지만 이 운동효과로 학생들은 집중력, 근로자는 생산성이 높아지고 결석률, 사고발생률, 병가 보상율이 현저히 줄어들었다는 보고는 이미 잘 알려져 있다.

나는 에어로빅스운동 전도사의 한 사람으로 의학적, 체력적 효과 외에 이 운동이 사회 전체에 미치는 영향을 강조하고 싶다. 한마디로 일부 청소년들이 활력을 잃고 무기력에 빠지는 퇴영적 현상을 나타내고 있다는 점에서 사회분위기를 바꾸는 유산소운동 효과를 간과해서는 안 된다고 믿는다.

거의 반세기 전 미국에서 보고 느낀 그대로 우리 사회도 문명의 이기로 인해 편해진 만큼 우리도 모르는 사이 무기력에 빠져들고 있다. 미국이 겪어온 것처럼 드라이브 인Drive-in 시대의 유행도 겪었다. 오늘에 이르러서는 엘리베이터나 에스컬레이터와 같은 편리함이 신체부동身體不動의 시대를 만들고 있는지도 모른다.

그 옛날 쿠퍼 박사는 그의 저서에서 이렇게 말하고 있다. "지난날 야외에서 여가를 보내던 젊은이들이 대부분 텔레비전 앞에서 많은 시간을 보내고 채널을 바꾸는 것도 귀찮아 쿠션이 좋은 안락의자나 소파에 앉아 리모컨으로 조절하는 현실에서 어떻게 건강을 지킬 것인지 걱정이 되지 않을 수 없다. 또한 자동화와 마이카시대에 접어들면서 신체기능의 파괴는 어쩔 수 없는 현실이 되었고 심장과 혈관동맥의 질환이 늘어나고 있다. 인간은 이러한 반 건강 요소들로부터 스스로를 지키기 위한 결단을 내려야한다. 그것이 바로 에어로빅의 진정한 목표이다"라고 호소한다.

나는 이러한 호소에 전적으로 동의한다. 어쩌면 이는 현대사회의 고민이자 현대인 모두의 숙제이며 꿈이다. 바로 이 꿈을 이루기 위해 나의 삶을 바치려는 것이다. 어쩌면 우리 사회 전체가 산소결핍을 느끼고 있는지도 모른다. 현 정부가 출범하면서 저탄소를 정책기조로 삼은 까닭은 그만큼 산소의 중요성을 절감하기 때문일 것이다. 이러한 시대적 과제를 고려하더라도 우리 현대인들에게는 유산소운동이 절실하다. 우리 사회가 장수시대를 맞으며 심각하게 풀어가야 할 키워드이기도 하다.

우리에도 '삶의 질'을 높이기 위한 웰빙 바람이 분지 오래되었다. 요즘에 와서는 저마다 무상복지를 외치고 있다. 이야말로 정책의 핫이슈가 된 셈이다. 그런데 건강한 사회를 위한 복지의 개념이 어떤 것인지, 질적인 바탕은 무엇인지 곰곰이 생각하게 된다.

아프지 않고 사는 기간을 의미하는 건강수명이 전국평균 72세에 이르고 한국인의 기대수명은 OECD평균보다 높은 80.3세나 된다고 한다. 장수長壽가 축복인지, 또는 재앙이 될 지 모르지만 10년 단위로 5년이 늘어나는 추세를 보면 100세 시대가 멀지만은 않은 것 같다. 그러나 질병예방과 함께 얼마나 활력을 유지하느냐는 것이 고령화 사회, 장수문화의 핵심과제이다.

에어로빅스운동은 이러한 문제를 풀어가기 위한 출발점이며 앞으로 생명문화운동의 종착점이 되어야 한다고 믿는다. 노인이든 젊은이든 활력을 잃으면 희망을 잃는 것이다. 내가 좋아하는 시 한 편이 있다. 더글라스 맥아더 장군이 애송했다는 사무엘 울만의 시 '청춘'은 그가 78세 때 쓴 것으로 거의 2백여 년이 흐른 오늘에도 삶의 교훈처럼 회자되고 있다.

〈청춘이란 강인한 의지, 풍부한 상상력, 불타오르는 열정, 삶의 깊은 곳에서 솟아나는 샘물의 신선함이다. 나이를 더해가는 것만으로 사람은 늙지 않는다. 이상을 잃을 때 비로소 늙는 것이다. 세월은 피부에 주름살을 늘게 하지만 열정을 잃으면 마음이 시든다.〉

이 시의 핵심부를 읽으며 에어로빅스운동에 바친 나의 열정이 시들지 않기를, 그리고 이 운동이 표방하는 활력이 이 사회에 확산되기를 꿈꾸며 기대한다.

파리 세계여성스포츠 100주년 기념 국제회의에서

이영숙과
함께한 사람들...

epilogue

'문화세계의 창조'
미래를 열다

조영식 | 경희대학교 설립자

91세의 일기로 천상 낙원으로 떠나신 조영식 경희대학교 학원장은 '문화세계의 창조'라는 대학의 슬로건 그대로 그야말로 학문과 평화를 위해 평생을 바치신 이 시대의 거인이다. 더구나 체육교육의 중요성을 누구보다 깊이 이해하고 체육대학을 경희대학교의 중심축으로 육성한 최고 공로자이기도 하다.

　조 학원장에 대한 세계 학계의 평가 또한 대단하다. UN세계평화의 날을 제정하고 일찍이 세계대학총장회의 IAUP 창설을 주도하여 전 세계 지성들과 인류의 미래를 모색했다는 사실은 세계적인 평가를 받기에 부족함이 없는, 감탄할 만한 업적이다.

　나는 경희대학교 학생시절 서울캠퍼스 중앙에 서있는 '문화세계의 창조'라는 탑을 바라보며 우리에게 문화의 시대, 평화의 시대가 언제 올 것인지 실감하지 못했다. 그러나 그 분은 선견지명先見之明이 있었다. 이미 1950년대 전쟁의 폐허 위에서 농촌계몽운동과 문맹퇴치운동을 펼쳤으니 그야말로 조국 근대화의 기수요, 세계화를 이끈 사상가라고 해도 지나침이 없을 듯하다.

　지난 2월 23일 경희대학교 평화의 전당에서 엄수된 조영식 박사 영결식에서 정호승 시인은 이렇게 조시를 바쳤다.

　〈길이 끝나는 곳에서도 다시 길이 되어/한 없이 걸어가시는 미원美源 조영식 학원장님/'생각하는 자 천하를 얻는다'는 그 가르침/'눈을 들어 하늘을 보라'하신 그 귀한 말씀/(중략)/백두산 천지에서 '하나가 되라'하신 그 간절한 기도/지금 저희들의 가슴 속에서 해처럼 떠오르고 있습니다/(중략)/백목련 활짝 피는 봄날에 교시탑 앞에서 다시 뵙겠습니다/저희에게 부디 사랑의 손길 거두지 마소서/(후략)〉

　언제나 어느 사회에서나 미래의 꿈을 여는 위업의 뒤에는 개척자, 선구자의 눈물겨운 헌신과 희생이 있었음을 우리는 깨닫게 된다.

유니버시아드운동의 기둥

김종량 | 학교법인 한양학원 이사장

한양대학교 김종량 이사장은 우리 에어로빅스와는 특별한 인연이 있는 최고의 공로자다. 오랫동안 대한대학스포츠위원회KUSB 위원장이었으며 현재 국제대학스포츠위원회FISU 집행위원으로서의 세계적 위상도 그러하려니와 에어로빅스운동의 가치를 누구보다 깊이 이해하고 전국대학에어로빅스축제(1993~2002), 국제대학에어로빅스축제(2003-2012)의 초창기부터 현재까지 20여 년 동안 대회장으로 가장 큰 도움을 주었다.

한양대학교는 스포츠의 성취도와 공헌도에서 어느 대학과 견줄 수 없는 커다란 성취를 이루고 있다. 특히 창의적인 학술활동과 응원문화 그리고 협동심과 애교심에서 한양대학교의 두드러진 특징을 찾아 볼 수 있는데 그 뒤에는 젊은 교수들과 호흡을 함께하면서 열린 마음으로 소통의 리더십을 보여 온 김종량 전 총장의 숨은 노력이 있었던 것으로 알고 있다.

나는 에어로빅스 활동 이전에 유니버시아드 운동에서 그 분이 남다른 열정과 친화력으로 크게 활약하여 세계대학스포츠연맹의 집행위원으로 10년 넘게 연임하고 있다는 사실을 주목하고 강조하지 않을 수 없다. 다시 말해서 대학스포츠의 IOC위원 격으로 우리나라 스포츠 외교에 큰 몫을 하고 있기에 감사와 함께 경의를 표하고 싶다.

국제대학에어로빅스축제 때는 대회장으로 빠짐없이 개회식에 참석하여 무대에서 내빈 또는 전문가들과 함께 즐겁게 시범에 동참하곤 했는데 모두가 함께하는 개회식 이벤트에 솔선수범하는 김 대회장의 멋있고 세련된 연기는 우리 모두를 놀라게 하기에 충분했다. 이러한 리더의 참여가 있었기에 전국대학에어로빅스축제가 국제적인 행사로 발전했으며 세계도약의 발판을 만든 것이라고 자랑할 수 있다. 이는 대학스포츠뿐만 아니라 국민건강을 위한 성공적인 축제로 평가받아 마땅할 것이다. 이에 그치지 않고 한양여자대학 팀이 국내대학에어로빅스 수준을 한 단계 끌어올리는 선도적 역할을 하고 있다는 점 또한 자랑할 만하다. 이것도 김 이사장이 펼치는 대학문화의 긍지이기도 하다.

국제 축제의
새 날개

장충식 | 단국대학교 명예총장

86, 88 국제학술대회를 개최하여 찬사를 받았던 단국대학교는 국내의 많은 스포츠 종목, 특히 비인기 기본 종목 육성에 남다른 노력을 기울여 온 것으로 잘 알려져 있다. 일찍이 빙상 스피드 스케이팅과 쇼트트랙 유망주를 발굴하여 올림픽 챔피언으로 만들었을 뿐 아니라 박태환 선수가 수영 최초의 올림픽 금메달리스트가 된 것도 장충식 학원장의 의지로 이루어진 작품이라 해도 과언이 아니다.

단국대학교가 새로운 죽전캠퍼스를 완성한 것을 계기로 2011년 국제대학에어로빅스축제를 개최하게 되었다. 이는 우리 에어로빅스운동에 날개를 달아준 것이나 다름없는 반가운 소식이었다. 나는 이 대회를 앞두고 사전답사를 위해 학교를 예방하고 다시 한 번 놀랐다. 교문에서부터 정리정돈 된 캠퍼스는 아름답고 웅장했다. 그리고 내부시설이 새롭게 갖추어져 선진국 대학을 찾은 것 같은 착각이 들 정도였다.

단국대에서 제19회 국제대학에어로빅스축제가 개최됨으로써 어느 대회 때보다 더 빛이 났다. 특히 정성을 기울여 최선을 다해 도우려는 학교 측의 모습을 여러 곳에서 볼 수 있었다. 이 대회에는 중국, 일본 선수들은 물론 국내 30개 대학이 참가해 체육관은 온통 열띤 응원으로 뜨거웠다.

특별프로그램으로는 이 학교의 학생극장에서 영원한 불꽃 시니어건강운동프로그램 발표회가 있었다. 오랫동안 연구개발한 다양한 프로그램을 대학생, 지도교수 그리고 회장단 모두가 출연함으로써 대단한 힘을 발휘했다. 특히 장충식 학원장은 중국어, 일어로 환영인사를 하여 중국과 일본 측 귀빈들을 크게 놀라게 했다.

대학에어로빅스대회는 프로그램 특징에 따라 출연자도 다양했다. 삼성 노블카운티 회원, 초등학교 학생, 대학생, 지도교수가 어울려 모두 함께하는 발표였기에 학생들이 보기에도 신선하고 신나는 한마당이 되었으리라 생각한다. 이와 같이 뜻을 함께하는 국제대학에어로빅스축제 그리고 시니어 건강운동 프로그램을 훌륭하게 완성할 수 있도록 지원하여 주신 단국대학교 장호성 총장께도 대학에어로빅스축제에 참가한 3,000명을 대표하여 감사드린다.

'영원한 청년'
스포츠맨의 이상형

정동성 | 여주대학교 설립자

굳은 의지와 체력 그리고 불굴의 기백으로 잘 알려진 '영원한 청년' 정동성 전 체육청소년부 장관은 스포츠맨의 이상형이라고 할 만큼 위풍당당하고 야망이 컸던 위인이다. 그의 꿈은 미국 MIT를 모델로 한 YIT 곧 여주대학을 명문으로 키우는 것이었다. 이러한 이상이 현실로 이루어져 기틀을 잡아갈 무렵, 뜻하지 않은 병마로 저 세상으로 떠나고 말았지만 그가 피땀으로 이루어 놓은 여주대학은 지금 웅장한 모습으로 그 자리에 서있다.

그와의 인연은 1962년 경희대학교 체육대학시절에서 비롯되었다. 우리는 졸업을 앞두고 첫 국가 학사고시를 준비하는 과정에서 며칠 동안 밤새도록 집중적인 공부를 했던 기억이 남아 있다. 체육대학 전 교수가 나와 격려하는 시험 당일의 긴장은 말할 수 없었다. 전공시험문제는 100문제였으며 교양과목으로는 자연과학개론, 국어, 영어 등으로 별도로 시험을 보았다. 이 시험에 합격한 우리는 다시 자랑스럽게 캠퍼스에서 만났다. 그리고 오랜 세월이 흐른 뒤 체육청소년부 장관과 상명대 자연과학대 학장으로 다시 만났다. 그동안 서로 다른 길에서 성취를 이루었음을 확인하고 너무 반가웠다. 정동성 장관을 상명대학의 대학원 특강연사로 초청하여 체육정책에 관한 열정적인 말씀을 들었을 때는 큰 감명 받았다. 그리고 방정복 총장이 공관으로 오찬을 준비해 주어 외부 교수들과도 대학체육교육현황에 대하여 유익한 대담도 나눌 수 있었다.

특히 기억되는 것은 정동성 장관이 체육정책 자문위원들을 서초동 자택으로 초청하였을 때 부인 전신순 여사는 예쁜 크리스탈 그릇에 아름다운 꽃과 함께 와인 그리고 신선한 음식을 장만하여 우리들을 기쁘게 맞아 주었다. 전신순 여사는 4선 국회의원을 내조한 경험으로 그 잠재능력을 발휘하여 그가 떠난 이후 여주대학 발전에 기둥이 되었다.

나는 언제나 정동성 장관과의 인연을 소중하게 여기며 그가 떠난 이후에도 더욱 자랑하고 싶다. 체육인들 뿐만 아니라 우리 모두의 가슴 속에 그는 아직도 살아서 숨쉬고 있다.

상명의 창학 이념
제주서 꽃피다

이준방 | 학교법인 상명학원 이사장

돌산을 깨어 개척한 상명대학의 첫 시작을 보았다면 천지가 개벽한 듯한 인상을 받을 수 있을 것이다. 이준방 이사장은 배상명 설립자의 창학 이념을 훌륭하게 이어받아 상명대학을 이끌고 있다. 그는 특히 설립자처럼 검소하고 소탈하여 한결같은 성실함으로 하루하루를 설계한다. 인간의 능력이 헌신과 노력으로 결실이 이렇게 멋지게 가능하였을까.

이 이사장의 결실은 제주수련원을 보면 잘 나타나 있다. 나는 상명대 초창기부터 오늘이 있기까지 그 과정을 직접 봐왔고 함께 호흡하여 왔기 때문에 그 결실을 잘 알고 있다. 그곳은 인내 그리고 절약을 통한 개척정신의 결실이다. 그래서 꿈이 현실로 이루어진 것이라고 하고 싶다.

그 제주수련원을 보면 상명가족이 된 보람을 느낄 수 있다. 직접 보지 않고서는 그 자연의 아름다운 위력을 알 수 없을 것이다. 오늘의 제주수련원이 있기까지 밤낮을 가리지 않고 현장에서 정성과 땀으로 이루어 놓은 흔적들을 발견할 때면 이준방 이사장의 노고에 더욱 감사한 마음을 갖는다.

많은 사람들에게 신선한 공기의 고마움을 느끼게 하고 인간을 깨끗하게 청소시켜주는 곳, 화합을 통한 대화의 장으로 새로운 에너지를 발산하게 하여주는 곳, 그곳이 바로 제주수련원이다. 이곳에서 함박꽃 같은 웃음으로 맞이하여 주는 수련원장 김종희 교수가 있어서 더욱 편안한 듯하다. 김 교수는 누구에게나 포근하게 마음을 감싸 안아주는 너그러움으로 수련원의 이미지를 거듭나게 하는데 지대한 공이 있다.

김종희 교수는 체육을 지도한 지도자로서 그녀의 통솔력과 관찰력 그리고 민첩한 활동은 커다란 수련원의 시설을 관리하고 교육프로그램을 운영하는 등 타고난 잠재력을 발휘하는 데 힘쓰고 있다.

미래의 젊은 세대들에게 꿈을 현실로 이룩한 상명의 개척정신을 계승하기를 기원하면서 어제와 오늘 그리고 내일을 생각하며 나는 아름다운 제주수련원의 산책길을 걷는다. 그리고 다시 이곳을 찾고 싶은 갈망을 느낀다.

스포츠과학을 빛낸
사랑의 동반자

하권익 | 전 중앙대의료원장

우리 협회 창립 이전부터 우리나라 에어로빅스운동에 동참하면서 힘을 실어준 은인의 한 사람으로 메디컬 닥터 하권익 박사를 빼어놓을 수 없다. 삼성서울병원장과 중앙대 의료원장(부총장) 등을 역임한 그는 스포츠과학에서는 독보적이라고 할 만큼 전문성과 함께 남다른 애정을 가진 선구자였다. 누구에게나 따뜻하고 독특한 매너로 호감을 주어 가는 곳마다 환영을 받은 것으로 유명하다.

나와는 30년 전 경찰병원 때 KBS건강프로그램에 출연하면서 공감대가 형성되어 깊은 인연을 갖게 되었고 오랫동안 에어로빅스운동을 함께했다. 특히 에어로빅스운동에서 상해 없이 안전하게 지도할 수 있도록 일선 지도자들에게 연수교육을 실시하여 큰 도움을 주었으며 든든한 동반자로서 길잡이가 되었다.

정형외과의 권위자로 인정받는 그는 에어로빅스선수의 골절 수술과 상해 예방에 특히 힘을 쏟았으며 태릉선수촌의 각 종목 국가대표 선수들에게도 헌신적으로 도움을 주었다. 특히 2000년부터 시행한 에어로빅스 프로그램 개발연구 외에도 치매예방을 위한 프로그램 개발의 두드러진 업적을 남겼다. 그리고 본 협회 행사에는 언제나 우리와 같이 동참하였다.

그는 희생적인 노력에도 불구하고 자신의 병마를 피해가지 못했다. 2009년 5월 예상치 못한 췌장암으로 병석에 누운 뒤 끝내 숨을 거두고 말았다. 같은 해 크리스마스 날 병석의 하권익 박사로부터의 전화를 받은 나는 너무도 침통하여 말을 제대로 이을 수 없었다.

"오야붕! 아무래도 올해는 넘길 것 같은데 더 이상은 안 되겠어"라는 거친 목소리였다. 나는 애절한 심정으로 말했다. "하 박사님, 저 세상으로 먼저 가서 에어로빅스과학연구원 만들어 놓으세요. 나중에 우리 함께 그곳에서 다시 만나 멋지게 계속 합시다. 사랑해요."

그는 지금도 우리 곁에 있는 것 같다. 그 특유의 유머를 던지며 다시 나타날 것 같다. 그는 에어로빅스 동호인뿐만 아니라 체육인 모두의 가슴 속 깊이 아직도 살아 있다.

인간애 넘치는
마당발 스포츠맨

박상하 | 금맥장학회 이사장

세계정구연맹 박상하 회장은 한국에어로빅스운동에서 빠질 수 없는 또 한 명의 후원자다.

박상하 회장은 제1회 전국대학에어로빅스축제 때부터 우리와 깊은 인연을 맺었다. 당시 그는 대한체육회 생활체육위원회 위원장으로서 축사를 해준 것을 계기로 물심양면의 지원을 아끼지 않으며 우리들에게 용기를 북돋워 주었다. 전문경기인 출신은 아니지만 어느 체육인 못지 않은 열정으로 1994년 히로시마 아시안게임 한국대표 선수단장을 맡았는가 하면 2003 대구 하계유니버시아드대회의 유치와 성공개최를 막후에서 지원한 공로자이기도 하다. 특히 대구 하계유니버시아드 집행위원장으로 북한선수 참가를 이끌어냈다. 무엇보다 인간애 넘치는 스포츠맨으로 항상 현장을 뛰면서 일선 지도자들과도 좋은 유대를 맺고 있는 마당발 리더라는 점이 그의 매력이기도 하다.

박 회장은 경북 달성 출신으로 지역사회에서 크고 작은 공을 쌓았다. 그는 금맥장학회 이사장으로서 각 대학 에어로빅스 선수들에게 장학금을 수여하고 격려해왔다. 우리 협회와의 유대가 더욱 깊어진 데는 그의 부인 김세순 여사의 도움이 크기도 했다. 또 하나 잊을 수 없는 기억은 2006 덴마크 국제스포츠문화축제에 함께 참가한 일이다. 당시 유럽에서 세계육상 선수권대회 유치활동 중이던 박 회장은 악천후를 무릅쓰고 프랑크푸르트공항을 출발하여 코펜하겐에 도착, 우리 일행과 합류할 수 있었다.

박 회장은 사업가요 경영인이지만 학문에 대한 남다른 애착을 갖고 있었다. 고려대학교 체육학과 교수로 특채되어 젊은 대학생에게 CEO의 소중한 경험을 지도하더니 뒤이어 2012년 2월 성균관대학교에서 박사학위를 취득했다. 칠순을 바라보는 만년에 만학의 열정을 쏟은 그의 성공스토리가 전설 같기만 하다.

행동형 아바타의
영원한 멘토

김설향 | 한국에어로빅스건강과학협회 제2대 회장

가끔 아침 단잠을 깨우는 휴대폰 소리. 영락없이 이영숙 교수의 전화다. 나는 잠에서 덜 깬 목소리인데 비해 이 교수는 언제나 한 옥타브 높게 "여보세요?"하는데, 그 소리가 우렁차고 경쾌하니 건강 나이를 30대라 해도 과언이 아닐 듯싶다.

굵직한 행사를 치를 때마다 혼자서 기획에서부터 준비, 당일의 동선체크까지 하는 모습을 보며 수십 명의 직원들이 일사분란하게 움직이는 기획 회사의 아바타란 생각이 든다. 언제나 '젊음사람' 처럼 느껴지는 그 에너지는 과연 어디서 나오는지 궁금하다. 그 비결을 생각해 보니 그건 아마도 열정熱情이란 단어로 귀결 지을 수 있을 것 같다.

2012년은 우리나라에 에어로빅스를 보급한지 36년, 협회 창립 23주년을 맞이하는 해이다. 지금껏 이 교수가 에어로빅스의 꽃을 피우게 된 건 온몸과 마음을 다하여 헌신한 열정의 결과이리라.

이영숙 교수와 인연을 맺게 된 건 1980년, 내가 대학 3학년 때 상명여대에서 열린 에어로빅스 강습회 때였다. 당시 이화여대 체육관 복도에 붙은 강습회 광고를 보고 혼자 상명여대의 체육관 언덕을 숨이 차게 올라가 참가했던 그 강습회가 에어로빅스의 변방에 있었던 내게는 정말 신나고 충격적인 시간이었다. 그 이후 늘 상명여대 학생들에게 기죽어 맨 뒷줄에서 동작을 따라하고 배우기를 여러 해. 드디어 대학원을 졸업하고 처음으로 연세대학교에서 시간강사를 시작할 때 어느 덧 그 당시에 배웠던 '리드믹 에어로빅스'는 내게 큰 가르침의 자산이었고 그로 인해 초년병 대학 강사생활을 활기차고 재미있게 시작할 수 있었다.

이영숙 교수의 직접 제자는 아니었지만 교수의 가르침으로 인해 대학 강사로서의 첫 수업을 '리드믹 에어로빅스'로 시작해 이제는 대학의 중진이 되었으니 실로 나에게 교육자로서의 가장 큰 멘토였음을 이제야 느끼게 된다. 오랜 인연 동안 참으로 많은 일이 있었지만 한결 같이 솔선수범하며 앞서 나가는 이 교수의 실행계획엔 정말 감탄이 절로 나온다.

이 교수는 지금처럼 건강하고 열정적으로 우리들 곁에서 우리나라의 에어로빅스 운동 발전을 위해 또한 한국인의 삶의 질 향상에 늘 함께해 주기를 기원하며 오랜 세월의 가르침에 감사드린다.

내가 닮았다
아니 닮아가고 있다

김종희 | 상명대학교 스포츠학부 교수

고등학교 제자 한 명이 상명대 체육학과에 진학하고 나서 흥분된 얼굴로 나를 찾아왔었다. 그 학생은 나에게 "선생님. 대학교에 선생님의 모습과 목소리, 성격, 그리고 스타일까지 똑같은 분이 계세요"라고 말했다. 그 분이 바로 이영숙 교수였다. 나는 "내 선생님이니까 내가 닮을 수밖에…"라고 말은 했지만 속으로는 신기한 생각이 들었다. 이영숙 교수를 나도 모르는 사이에 닮아가고 있었다.

이영숙 교수와 나의 인연은 38년 전으로 거슬러 올라간다. 내가 기억하는 이 교수는 때로는 엄마 같고, 때로는 언니처럼 제자들을 지켜봐 주었고 우리에게 잘못된 부분이 있으면 눈물을 쏙 뺄 정도로 호되게 야단치는 분이다. 학생들을 위하여 작은 것 하나하나까지 신경써주는 분. 그런가 하면 늘 "멋만 부리지 말고 공부하라" 혹은 "결혼은 왜 그리 일찍하니"라며 사회에 대한 책임과 의무를 강조하곤 했다.

대학을 졸업한 후 나는 고 배상명 박사와 이영숙 교수의 추천으로 이란 팔레비 왕족에서 운영하는 회사의 레크리에이션 카운슬러, 스포츠 담당으로 이란에 가려고 했으나 이란사태로 공항이 폐쇄되고 정국불안에 대한 위기감으로 출국을 포기했다. 그 뒤로 상명여대 조교로 근무하며 이영숙 교수가 진행 중인 저술(신체적성과 에어로빅)의 자료조사와 정리 등을 도와드리면서 교수의 열정적인 모습을 가까이서 지켜볼 수 있었다.

나는 결혼 후 미국 진출을 위해 학교의 일은 모두 잊고 결혼생활에 전념하고 있었다. 한국에 귀국하여 남편과 호텔에서 우연히 이영숙 교수를 만나게 되었는데 이때 인연의 끈은 다시 연결이 되었고 이 교수의 추천으로 상명대 동문회 부회장으로 시작하여 12년 간 회장직을 맡게 되었다. 나는 사회봉사를 하자는 마음으로 열심히 노력하여 1989년 첫 총동문회 이사회를 시작으로 해외지역 동문회 탐방 및 지역동문회 오픈식에도 방정복 총장과 이영숙 교수는 늘 함께 해주며 나에게 많은 힘을 주었다.

몇 년 전 부모님께서 돌아가셔서 상심에 빠져 있던 나에게 이 교수는 다가와서 어깨를 두드리며, 자신에게 의지하라며 나를 위로해 주었다. 진심으로 나를 걱정해주는 이 교수의 그 말은 지금도 내 가슴을 저리게 한다. 언제나 열정적인 모습 그대로 우리와 함께 있기를 바라며, 나도 따르려 한다.

자하문 언덕에서
부산 한새벌까지

오세복 | 부산교육대학원 체육교육과 교수

상명의 언덕은 세상으로 돌아가는 체력을 기르기에 지나칠 정도로 적합했다. 그래서 많은 상명인들이 졸업 후 사회에 상서로운 기운으로 기여한다. 나 역시 상명의 언덕을 오르내리며 연마한 체력과 지성으로 현재 대학에서 학생을 가르치며 젊은 시절 흠뻑 내 삶을 적셨던 상명의 기운을 전하고 있다. 상명의 기운에 젖어 세상으로 나갈 준비를 할 때 내게는 상명의 빛이 있었다. 바로 이영숙 교수다.

이영숙 교수가 한창 활동하던 70년대는 민속무용이나 집단체조인 매스게임과 관련된 체육활동이 활발하던 시기였다. 이 교수는 이 분야에 대한 조예가 깊었고, 단체퍼레이드와 매스게임 등의 권위자였다. 당시 사회는 지금보다 훨씬 권위주의시대였기 때문에 사회전반에 퍼져있는 군인 같은 집단성이 예술과 체육에도 반영되어 일률적이고 집체적이며 질서 잡힌 체육 예술 활동을 중시했다. 요즘의 가치관으로 보면 당시의 집체적이고 획일적인 체육 예술 활동은 부자연스러워 보일지 몰라도 당시는 거역하기 어려운 시대정신이었음을 부인할 수는 없다.

이영숙 교수는 거기서 머무르지 않았다. 상명여자대학 체육교육과 교수로서 상명의 서기를 몸으로 발산했다. 그리고 상명의 언덕에서 세상과 소통하며 한국의 미래를 조망했다. 그래서 한국사회의 앞날을 예견하며 엘리트 체육이 아닌 생활체육, 사회체육, 여성체육에 관심을 가졌다. 소득이 높아지면 사람들은 건강에 더 신경을 쓰게 되고 운동을 통해 건강을 지키려는 노력을 하게 될 것이라고 예견하였다.

1983년에 나는 석사 과정에 들어가 석사 학위 논문 지도 교수로 이영숙 교수께 사사하여 무용교육의 루돌프 라반의 공간 구성에 관한 연구를 했다. 이것은 지금도 초등학교 지도자 양성 기관인 교육대학 현장에서의 창작무용 지도 활동의 기본이 되고 있다.

80년대 초 내가 처음으로 이 교수 자택을 방문했을 때의 기억이 아직도 생생한데, 이 교수는 하얀 책상보가 깔린 교자상에서 책을 보다가 나를 반겨 주었다. 집이 주인을 닮아 오래 묵힌 골동품처럼 은은한 향취가 배어나왔다. 이영숙 교수의 이러한 노력이 성취로, 다시 성취가 행복으로 그리고 만족으로 이어진 우리의 '영원한 귀감'이며 '모든 이의 사표'가 되리니. 북악산의 기상처럼 상명의 언덕을 밝히며 오래도록 우리 옆에 함께하기를 기원한다. "선생님 고맙습니다. 사랑합니다."

다정한 호랑이
그 카리스마의 신화

박진희 | 상명대학교 무용학과 교수

'신화! 신화라는 단어를 떠올리면 이영숙 교수가 생각난다. 척박한 우리 사회에서 에어로빅스의 신화를 일구어 낸 인물이 바로 이영숙 교수다.

 이 교수는 미국유학에서 돌아온 이후 우리에게 에어로빅댄스를 지도해주었다. 대중의 건강을 위한 에어로빅댄스의 선풍적인 인기가 일어날 때였다. 대학원을 졸업하고 교양 체육수업에서는 에어로빅댄스와 민속무용을 가르치게 되었다. 이 교수가 제작한 에어로빅댄스 음악에는 교수의 음성이 녹음되어 있다. 이 교수를 만나지는 못하더라도 수업시간에는 늘 교수의 음성과 만나게 된다.

 이영숙 교수와의 인연은 상명의 이름으로 대학에 입학하면서부터다. 돌이켜보면 이 교수는 너무나 젊고 열정이 넘치는 시절이었다. 또한 민속무용 강의시간은 즐거움이었다. 피아노연주에 맞추어 우리는 이 교수의 민속무용지도를 받았다. '호랑이 교수님' 우리들에게는 너무나 무서운 교수였다. 그러나 섬세하고 다정다감한 인간미가 넘치는 분이라는 것을 시간이 가면서 알게 되었다.

 퍼레이드는 잊지 못할 추억이다. 종로를 거쳐 시청 앞까지 롱부츠에 미니스커트를 입고 스틱을 돌리면서 행진을 하면서 펼치는 퍼레이드는 체육행사의 꽃이었다. 헤어졌던 남자친구를 퍼레이드 행진을 통해 다시 만난 경우도 있었다. 전라도 광주까지 원정갈 정도로 상명대학의 퍼레이드는 유명세를 타고 있었다. 이 교수의 카리스마적인 지도력 앞에 제자들은 늘 긴장하면서 앞줄과 옆줄, 눈썹줄까지 빈틈없이 맞추어 스틱을 돌려야했다. 조금만 빈틈이 보이면 벼락같은 호통이 있었기 때문이다.

 시간은 모든 것을 낡게 만든다. 그러나 이영숙 교수는 목표를 향해 끊임없이 도전하는 열정, 협력과 헌신과 노력, 자기 규제와 자기 관리를 통하여 창조와 혁신이 주는 달콤한 고통을 즐기며 하루가 다르게 변화하는 이 시대에 사회가 요구하는 조류에 잘 대응하며 건강에 기초한 움직임의 혁신을 주도하고 있다. 따라서 이념이 충돌하는 혼란스러운 현실에서도 에어로빅스는 오히려 대중들의 건강을 위하여 선도적인 역할을 하고 있다. 이 교수는 한국 에어로빅스라는 하나의 정형화된 이미지를 방출하여 별과 같이 빛나게 한 인물이다. 과거의 많은 격동과 시련 그리고 변화를 머금고 한국 에어로빅스 역사의 실존을 증명하고 있다.

꾸중과 격려
내 마음속의 우상

유실 | 한양여자대학 사회체육과 부교수

나는 이영숙 교수를 처음 만났던 날이 생생하게 기억난다. 특별한 일이 있었던 것도 아닌데 그 짧은 순간이 이처럼 생생히 기억나는 건 지금 생각해도 알 수 없는 일이다.

　1985년 대학입시 면접관으로 이영숙 교수를 처음 만났다. 이 교수는 그 당시 상명여자대학 체육학과 학과장실에 혼자 앉아있었다. 짧은 파마머리에 안경을 쓴 모습, 나를 바라보며 인상 깊게 읽은 책에 대하여 말해보라고 하였다. 나는 그때 예체능계열에 대학입시를 치르느라 극도로 긴장해 있었으므로 무슨 답변을 했는지 기억이 나지 않는다. 하지만 이 교수의 목소리와 억양, 그리고 수수한 모습으로 진지하게 학생을 존중해 주던 모습이 한 장의 흑백사진처럼 내 가슴 속에 남아있다. 나에게 이 교수의 첫인상은 생각보다 화려하지도 않고 무섭지도 않은 모습이었다.

　이영숙 교수는 학생들에게는 칭찬과 지적을 많이 하였다. 물론 잘한 경우는 크게 칭찬하여 자신감을 갖도록 도와주었고 잘못한 경우는 학생의 기분을 배려하지 않고 사정없이 꾸중하였다. 나는 그 당시엔 이 교수가 너무 냉정하다고 생각되었다. 그러나 세월이 지나 내가 학생들을 가르쳐보니 냉혹하게 지적하여 바른 가르침을 주시려했던 깊은 뜻을 알게 되었다. 그러한 분위기 속에서 나는 학생으로서 한걸음 따르며 내성적이었던 성향을 극복하여 남 앞에 자신 있게 서는 법을 배우게 되었다.

　한양여대 사회체육과 강사 시절 전국 대학에어로빅스축제에 창의적인 작품을 안무하기 위해 고민하던 중 파란색 긴 유니타이즈 의상과 트램폴린 운동을 주제로 특이한 작품을 구성하여 예선전이 끝난 뒤였다. 관중의 반응이 미약하게 느껴져 힘없이 돌아서는데 귀빈석에서 관람하던 이 교수가 많은 사람들 사이를 뚫고 내게 왔다. 무슨 말씀을 하시려할까 걱정되고 염려스러웠다. 그런데 이 교수는 "참 잘 가르쳤구나! 이런 건 어디에서도 본 적이 없어. 신선하고 창의적인 작품이다!"며 그 누구도 해주지 않는 큰 칭찬을 해주었다. 대회 성과보다도 더 귀한 칭찬과 인정이 한양여자대학 사회체육과 학생들을 가르치는 많은 시간 동안 힘들 때마다 나의 마음 속에 들려오곤 한다.

늘 행동하며
실천하라

안주미 | 신성대학교 생활체육학과 교수

이영숙 교수와 25년을 같이 지내온 일들을 돌이켜 보면 무언가 할 수 있도록 늘 자극을 주었고 에어로빅스에 자부심을 가지고 공부할 수 있도록 지도해 주었다. 이 교수는 언제나 최선의 노력으로 열심히 노력하면 지금보다 더 잘 할 수 있는 더 많은 가능성이 잠재되어 있다는 것을 인식시켜 준 분이다. 많고 많은 대학 중에 상명여대에 진학한 것도 에어로빅스를 시작해서 이 교수와 지내온 시간들을 생각하니 난 참 지도자를 잘 만난 행운이였다.

　1987년도에 대학을 입학해서 설렘을 가지고 학교생활을 하고 있을 때는 에어로빅스 붐이 일어나 에어로빅스를 배우려고 하는 학생들이 많을 시기였다. 고등학교 때 리듬체조를 배운 나에게는 에어로빅스가 어렵지 않게 다가왔고 재미있었다.

　에어로빅스, 그건 이 교수와 같이 지낼 수 있었던 연결고리였다. 이 교수가 준비해준 내용대로 이 교수와 같이 태릉연수원에도 많이 갔다. 그곳에서 3급 생활체육 에어로빅스 검정시험에 대한 시범을 보이기도 했으며 협회에서 프로그램개발을 도우며 전국을 돌아다니며 보급에 참여한 때도 있었다. 그때는 힘들게 느꼈지만 지금 생각해보면 그랬기 때문에 이 자리에 내가 있는 듯싶다.

　이 교수하면 떠오르는 단어가 많지만 그 중에서도 '약속시간'과 '열정'이라는 단어가 먼저 떠오른다. 언젠가는 이 교수와의 약속시간에 조금 늦은 경우가 있었다. 그때 얼마나 많이 혼이 났는지 사람은 시간 약속을 지키지 못하면 절대 성공할 수 없다며 앞으로 지도자가 될 사람이 그러면 못쓴다며 혼이 나기도 하였다. 그 이후로 이 교수와의 약속시간보다 먼저 가려고 했던 것 같다. 이 교수를 옆에서 지켜보면 항상 마음 속에 열정이 마르지 않는 것 같다. 마음에서 열정이 떠나면 늙는다고 한다. 이 교수의 마음 속에 에어로빅스에 대한 열정이 사라지지 않아서 늘 그렇게 건강하고 젊게 사는 것이 아닌가 싶다.

　사람은 태어나서 참 많은 인연을 가지고 살아간다. 그 중 스승과 제자의 인연은 참 소중한 것이다. "머리에는 지혜를 담아 얼굴에는 미소를 머금고 마음에는 열정으로 양손은 더불어 같이 두발은 행동으로 실천하라"고 가르치는 이영숙 교수의 말씀처럼 나도 이 교수의 뒤를 밟아 제자들에게 멋지고 좋은 스승이 되고 싶다. "교수님 사랑합니다."

물고기 잡는 법을
가르쳐 주신 분

배운찬 | 상명부속여자고등학교 체육교사

인연의 시작은 어디서부터 시작되고 어디까지 지속되는가? 우리는 수많은 사람들과 만나면서 인연의 끈을 연결하고 만남을 이어나간다. 하지만 그 만남의 대상이 누구인가에 따라 일시적일 수도 있고, 지속적으로 유지될 수도 있다. 나와 이영숙 교수와의 만남은 후자라는 생각이 든다.

나는 82년도에 상명여자사범대학 체육교육학과에 입학했다. 대학에 들어와 첫 수업시간에 TV에서만 접했던 이영숙 교수를 본 느낌은 학생들에게 아주 깐깐하면서 엄격하고, 근접하기 어려우며 학생들의 실수를 조금도 용납하지 않을 것처럼 여겨졌다. 하지만 시간이 흐를수록 이영숙 교수는 학생들 스스로가 홀로 설 수 있는 도전정신을 길러 주었고, 제자들에게 힘든 과정과 역경을 무릅쓰고 무슨 일이든지 할 수 있는 법을 가르쳐 주면서 물고기를 잡아주기보다는 물고기를 잡는 법을 가르쳐 준 분으로 기억된다.

그 후 86년 대학을 졸업하고 98년까지 약 12년간 이영숙 교수 연구실에서 함께 생활하면서 이 교수에 대한 생각은 점점 변하게 되었다. 학생 때 보았던 근접하기 어려웠던 모습보다는 다소 편안하게 다가설 수 있는 계기가 마련되면서 이영숙 교수는 때로는 시어머니 같고 때로는 사감 선생님 같은 모습으로 바뀌었다. 제자들이 새로운 세계에 진출했을 때 책임감을 가지고 어느 곳에서나 자기의 몫을 다할 수 있는 사람이 되기를 누구보다도 바랐던 분이다.

1975년에 처음 도입된 에어로빅댄스를 체계화시키기 위하여 사단법인 한국에어로빅스건강과학협회라는 단체를 만들어 지금까지 다양한 국제대회와 대학생들을 위한 에어로빅스 대회를 계승 발전시키면서 우리나라 에어로빅스운동의 정착과 발전에 지대한 공헌을 한 인물이다. 또한 에어로빅 스운동의 올바른 보급을 위하여 과학적인 원리를 기반으로 하는 다양한 지침서를 개발하는 등 에어로빅스운동에 대한 열정과 연구정신은 누구도 따라가지 못한 분야로 오직 이영숙 교수만이 할 수 있는 것이라는 생각이 든다.

이영숙 교수는 이제 80대로 접어들었다. 그 세월의 흐름을 회고해 보면 끊임없는 노력, 열정, 미개척 분야에 대한 도전정신, 불굴의 의지로 표현할 수 있다. 변할 줄 모르는 끊임없는 열정의 소유자 이영숙 교수! 그 도전 정신과 열정에 부족한 제자로서 깊이 머리 숙여 감사드리고 박수갈채를 보내드리고 싶다.

내 삶의
롤 모델

한현숙 | 상명대 교육대학원 외래교수

나는 청주농고 교장을 지냈던 조부와 단양중학교 교장을 지낸 아버지의 영향을 받아 일찍부터 '교육자의 길'을 삶의 목표로 하고 살아왔다. '교육자의 길'이라는 삶의 목표가 집안 환경에서 세워진 것이라면, 어떠한 교육자가 될 것인가라는 구체적인 목표는 내가 대학 4년간 수학했던 상명대에서 이영숙 교수를 보면서 마음 속으로 형상화시킬 수 있었다.

열정과 비전 그리고 용기를 가진 사람에게서는 말과 행동에 아름다운 빛이 묻어나온다. 스무 살 풋풋한 대학생이 막 되어 만난 이영숙 교수의 모습은 아름답게 빛이 나는 여성 체육지도자로서 내가 완성되어 가고 싶은 모습 그 자체였다. 이 교수는 때로는 놀라운 언변으로 학생들을 감동시키기도 하고 또 언제나 같이 혁신적이고 열정적인 행동으로 묵묵히 어떠한 것이 훌륭한 교육자의 역할이고 길인지를 보여주었다.

대학생 시절, 강의 시간에 이 교수가 우리들에게 "용의 꼬리보다 뱀의 머리가 되어라. 실력으로 학생들을 향상시키는 훌륭한 교사가 되어라"라고 한 말이 특히 기억에 남는다. 에어로빅스를 국내에 도입, 발전시키고 국민체육 건강 향상에 힘쓰던 이영숙 교수의 모습은 30여 년이 지난 지금도 내 마음과 기억 속에 바로 어제 일처럼 생생하다. 이 교수가 내게 해주었던 것처럼, 나도 학생들에게 좋은 가르침과 영감을 주는 교사의 모습이 되고자 노력했다.

항상 힘들고 어려울 때는 이영숙 교수의 말씀을 되새기면서 나 자신을 재점검 하였다. 그렇게 열심히 공부 했고 운도 따라주어 4년 내내 1등 장학금을 놓치지 않았다. 또한 과 수석으로 졸업하여 상명대학교 사범대부속여자중학교에 근무하는 영광도 안게 되었다. 이 교수는 내가 지난 2010년 8월, 33년 6개월의 교사생활을 마치고 명예퇴직을 할 때까지 애정으로 지켜보아 주며 조언을 아끼지 않았다.

내 인생의 '롤 모델'인 이영숙 교수는 1975년도에 미국 쿠퍼 박사의 에어로빅을 우리나라에서 발전시킨 것은 물론 시니어체육, 유아체육을 위해 애쓰며 지금도 지칠 줄 모르는 열정적인 마인드와 에너지를 가지고 활동하고 있다. 나는 이영숙 교수를 진심으로 존경하고 사랑한다.

잠이 없는
교수님에게

박주영 | 숭실대학교 생활체육학과 교수

1991년 겨울로 기억한다. 평창동 이영숙 교수 자택 빌라 앞의 주차장 차안에서 추위에 떨며 아버지가 나오시기만을 기다렸던 것 같다. 사실 아버지는 이영숙 교수의 경희대 체육대학 후배였고 그때 동행한 고 공응대 한양대 교수까지 체육학도의 길을 걸으려는 나를 소개하고 싶으셨던 것 같다. 그날 뵌 모습이 이영숙 교수와의 첫 대면이었다. 이 교수는 차가워진 내 손을 잡고서 "왜 같이 들어오지 차에서 기다렸냐"고하며 집안 서재로 나를 데려 갔다. 그곳에는 빽빽이 둘러싸인 책들과 비디오를 보며 작품을 구상할 수 있는 환경이 갖추어져 있었다. 그때 보았던 교수의 모습과 그 지하의 정황들이 막연하게 내가 꿈꾸었던 미래의 모습이 아니었나 싶다.

이영숙 교수는 당신이 철저하기 때문에 시간약속을 어기는 것을 무척 싫어하였고 역정도 심하게 냈기 때문에 한참 아래 제자인 나는 늘 약속시간에 늦지 않으려고 전전긍긍했다. 이런 일화는 이 교수를 아는 많은 사람들이 공감하는 부분이라 생각한다. 이 교수는 시간 약속을 어긴 제자들에게 "내 시간을 갉아 먹지 말래"고 했던 말씀이 제자들 사이에서는 대대로 내려오는 전설이기도 했다. 이 교수는 일을 추진할 때도 직접 뛰어다닌다. 다른 이에게 시켜도 될 법한 일들도 몸소 움직인다. 그렇게 하는 것이 도리라 생각하고 평생을 그리 살아왔기 때문에 팔순이 넘은 지금도 당신이 필요하다고 생각하면 그렇게 한다. 이러한 동력이 지금의 교수를 만들었고 또 많은 일을 이루고 거둘 수 있었던 거름이 되었으리라 본다.

교수의 정열적이고 패기 넘치는 모습을 동경하며 막연하게 키웠던 교단의 꿈을 나는 지금 조금씩 펼치고 있다. 학교에서 학생들과 함께 할 수 있다는 것에 항상 감사하고 보람을 느끼며 하루하루를 보내고 있다. 이러한 내가 교수가 살아온 삶을 닮아가기에는 아직 역부족이지만 그 열정과 추진력을 그리며 용기 있는 지도자가 되려 한다.

"평생 교직과 에어로빅을 위해 몸 바치고 당신의 뜻을 굽히지 않으며 불의를 보면 당신을 희생하더라도 넘어가지 않았던 이영숙 교수님, 존경합니다. 그리고 참 수고 많으셨습니다."

자랑스러운
제자들을 위하여

1965년 상명대학교 개설과 함께 시작된 나의 가르침은 반세기에 이르렀다. 그동안 강산江山이 몇 차례 변하는 가운데 지난 교직생활 그리고 정년 이후 오늘까지 끈기 있게 고락을 나눈 후배와 제자들에게 감사할 따름이다.

상명여자사범대학 첫 출발 그 순간부터 우리의 의욕은 하늘을 찌를 듯했다. 그리고 투철한 정진精進의 정신으로 한 길을 달려왔기에 후회나 미련이 있을 리 없다. 상명 출신이 아니더라도 힘겨운 도전의 과정을 잘 이겨내고 마무리하여 여러 대학에서 후진 지도에 땀 흘리고 있는 제자들이 자랑스럽다. 스승의 보람은 바로 그런 것이다. 더구나 남이 가지 못한 미지의 길을 연 성취의 보람은 특별한 것이다.

나는 지금도 가슴이 뛴다. 처음 중고등학교 발령 순위고사에서부터 전원 합격이라는 성과를 이끌어 냄으로써 '하면 된다'는 자신감을 갖게 되었던 그 순간을 어떻게 잊겠는가. 그리고 미국 맨해튼에서의 퍼레이드를 그대로 서울운동장에서부터 광화문 네거리까지 시위하면서 초창기 상명대학교의 이름을 알렸던 그때의 장면 또한 잊을 수 없다. 그때의 학생들은 이제 60을 넘어 정년을 바라보고 있다. 그 뿐인가. 누구에게나 건강을 안겨다주는 에어로빅스운동은 상명대학교에서 발원發源하여 이 나라 전역에 번져 간 '생명의 흐름'으로 발전하지 않았는가.

생일날 제자들과 함께한 즐거운 모임

이제 상명의 제자들은 전국 여러 대학의 교수로 활동하는 것 외에도 헬스센터, 실버타운 등에서 땀 흘리고 있으며 그 밖의 제자들은 또 얼마나 되는가. 일찍이 중고등학교의 교사로 시작하여 교감, 교장으로 아직도 현장에서 맥을 잇고 있는 제자들은 이제 얼굴에 주름살이 진 노숙한 지도자가 되어 서로 손을 잡고 지난 이야기로 꽃을 피우곤 한다.

젊은 꿈과 희망을 품고 상명의 그 높은 언덕을 오르고 내렸던 그 많은 추억과 함께 젊은 날의 꿈이 현실로 이루어졌기에 감사와 기쁨의 눈물을 흘리고 싶다. 봄에는 그 언덕길의 노란 개나리가 우리를 안내하여 주었던 일, 겨울에는 눈이 하얗게 덮인 비탈길을 내려가다 엉덩방아를 찌며 깔깔대고 웃던 일, 비바람이 유별나게 세차게 불어 닥칠 때면 날아갈 듯한 우산을 움켜잡던 일, 그 어려움을 슬기롭게 극복한 것은 우리들이 꿈을 갖고 한마음 한뜻이 되었기 때문이리라.

누군가 성공을 위해서는 방법이 아니라 행동이 중요하다고 말했다. 꿈을 이루는 성공비결은 발로 뛰는 것이다. 땀을 쏟다보면 지혜가 나온다. 아니면 불평과 변명이 나오기 마련이다. 바르게 한길로 달리다보면 언젠가는 성취의 길이 열린다고 믿는다. 노력한 만큼 결실이 있으며 쉽게 이루어지는 것은 없다. 나의 삶을 통한 경험으로 말할 수 있다.

나는 상명대학교 해외 동문회 조직을 위하여 고 방정복 총님을 모시고 김종희 총동문

미국지역 상명대학교 총동문회 창립 총회

회장과 함께 방콕, 캐나다, 뉴욕, LA 등지에서 동문들과 만날 기회가 있었다. 참으로 감격스러웠다. 유별나게 스승과 제자의 유대가 깊은 우리였기 때문에 그 기쁨은 더 한층 컸다. 이와 같은 기반으로 동문회는 더욱 활성화 될 수 있는 계기가 되었다. 그 제자들 중에는 50대 중년에 접어들어 주름진 얼굴도 볼 수 있었다. 세월이 참으로 빠르게 흐르고 있음을 실감했다. 비록 우리는 서로 멀리 떨어져있어도 항상 마음과 뜻은 하나였음을 확인할 수 있었다.

상명의 울타리가 튼튼해야 졸업생들도 사회에서 인정받고 그와 같은 피드백이 있기에 상명의 힘이 존재한다. 이런 의미에서 제자들을 어떻게 키워내느냐 하는 것은 스승의 역할이며 의무이다. 다행히 우리 졸업생들은 끈기 있는 스승과 제자의 유대와 선후배의 질서를 잘 지켜왔다고 말하고 싶다. 그러나 요즈음 우리의 굳은 의지와 힘이 다소 흩어지고 있는 듯하여 아쉬움이 있다.

상명대학의 뿌리를 깊게 심고 열매를 맺고 꽃을 피우는 것은 동문들의 역할이다. 상명

정년퇴임 기념 화보집 발간 기념 체육학 교수 및 동문들

의 발전을 위해서는 동문들이 큰 울타리가 연결되어 동참하여야 한다. 특히 모교에 재직하고 있는 교수들은 남과 다르게 숨어서 헌신하는 자세가 필요하며 막중한 의무와 책임을 가져야 한다. 선택되었다는 자부심을 갖고 동문들의 머슴이 되어야 모교가 발전할 수 있다. 국제화시대를 맞아 대학의 끊임없는 학문의 발전이 요구되며 실력이 있는 제자들이 세계 속에 상명인으로 크게 인정받을 때 상명대학의 빛은 영원해질 것이다.

나는 스승의 역할에 대하여 내가 할 수 있는 일은 무엇인가 생각하며 연구한다. 그것은 지난날 내가 크게 은혜를 입고 오늘 여기에 존재할 수 있게 한 많은 분들에게 보답해야 할 의무가 있기 때문이다. 무엇보다 배상명 설립자의 잔 다르크와 같은 개척의 의지로 상명을 오늘날 반석 위에 올려놓은 그 과정을 생각하면 나에게 심어준 그 분의 정신을 다시 한 번 되새기게 된다. 아직도 스승의 모습을 보며 반짝이는 눈동자, 더 밝은 내일을 기약하는 젊은 세대들이 있기 때문이다. 어제 땀 흘린 제자들 있기에 오늘 기쁨에 찬 내가 있다. 자랑스럽고 사랑하는 제자들의 성공과 행복이 영원하기를 기원한다.

결혼 50년,
보람의 한평생

나는 한 남자와 50년을 함께 살면서 아들 하나, 딸 하나를 낳았다. 아들, 동일은 대구에서 낳아 돌 때 서울로 상경하였고 딸, 동아는 세검정 상명대학교에서 태아 때부터 엄마인 나와 함께하였다. 동일, 동아 모두 상명대학교 부속유치원 초등학교를 졸업하였다. 동일이는 남자여서 중고등학교는 타 학교로 갈 수밖에 없었다. 동아는 상명부속여자중학교, 고등학교로 진학하여 약 13년 동안을 상명대학의 언덕을 오르고 내리면서 어릴 때부터 여성체육지도자 양성 울타리에서 성장하였다. 남편은 동아가 대학진학을 앞두고 있을 때, 엄마가 있는 체육과에 가는 것은 서로 불편하고 교육적으로 다른 학생들에게 지장이 있을 수 있으니 삼가야 한다고 상명대 입학을 반대하였다. 그래서 동아는 E대학 체육학과에서 수학하였다. 동일이는 H대학 공과대학을 졸업하여 착실한 회사 임원으로 자리 잡고 있다.

두 자녀를 키우면서 교직생활을 한다는 것은 참으로 힘들었다. 가족의 절대적인 협조가 있어야하며 특히 남편의 도움 없이는 불가능했다. 나의 경우는 초창기 상명여자사범대학 체육교육과의 개척기였으므로 낮과 밤이 따로 없었다. 다행히 시어머니께서 대구에서 상경하여 조용하게 집안일을 보살펴주셨으며 일하는 아줌마가 20년 동안 성실하게 나의 손발이 되어 가사를 돌봐주어, 자녀들의 성장기가 원만하게 지낼 수 있었다. 나는 언제나

이영숙 교수 가족사진

아침 출근길에 아줌마에게 부탁한 것은 "애들 밖에 내보내지 마세요"였다. 그래서 우리집 대문은 언제나 단정하게 닫혀 있었다. 그것이 과연 자녀들 성장기에 보호하는 것이 우선이었을까? 그때 동일, 동아는 동네 골목에 나가 친구들과 어울리며 때로는 싸우기도 하고 옷도 찢기고 울면서 집으로 돌아오는 모습은 전혀 볼 수가 없었다. 그와 같은 성장기가 투지력과 경쟁력이 아닌 대체적으로 조용한 성품이었으므로 그 탓이 아니었나 염려되었다.

자녀들의 성장기에 나는 대학원 그리고 외국연수, 세미나 등 국내 각종 강습 등으로 집을 비우는 경우가 허다하였다. 다행하게도 우리 가족들은 남편을 중심으로 협조 체제가 원만하게 잘 이루어졌었다. 동아는 어려서부터 엄마와 떨어져있는 시간이 많았기 때문에 언제나 엄지손가락을 입에 대고 빨고 있어서, 엄지손톱이 빠지고 입술 윗부분이 약간 위로 올라가 있었다. 그리고 엄마가 외국에 가고 없을 때 안방에 들어가 엄마와 함께 덥고 자던 분홍이불을 코에 대고 엄마 냄새가 난다고 끌고 다니던 일들을 귀국하면 아줌마는 모두 빠짐없이 나에게 보고하였다. 그리고 남편은 언제나 자기 일은 자기가 하는 우리 집 형태와 상황에 잘 적응이 되고 비교적 섬세한 성품이어서 우리 가정은 내가 없을 때도 어떤 문제도 발생하지 않았다. 가족의 도움으로 나는 32년 동안의 상명대학교 교직생활

이영숙 교수 5형제(왼쪽부터 영철, 영수, 영숙, 영혜, 영찬)

딸 김동아 박사학위 수여식 날

딸 김동아 석사학위 수여식 날
(왼쪽 방정복 총장, 오른쪽 이영숙 교수)

을 하면서 몸이 아파서 결근하거나 휴강한 적이 한 번도 없었다. 그리고 동일, 동아 문제로 조퇴한 적도 전혀 없다. 나는 나와 관련된 모든 분들에게 감사할 따름이다.

자녀들에게 항상 충실하게 엄마 역할을 하지 못하였던 그 허전한 공간을 매우기 위하여 가정생활에 언제나 나는 헌신하였다. 이와 같은 과정을 지나면서 미래의 어떤 계획도 전망도 없이 바쁘게 앞만 보고 닥치는 대로 열심히 살았다.

동일, 동아는 결혼하여 우리와 또 다른 삶을 살아가고 있다. 우리 집 며느리는 착실하고 성실한 주부이다. 남편과 아이들이 집에 들어오면 항상 따뜻하고 환하게 웃으면서 맞이하여준다. 이것은 당연하지만 나는 어머니로서 그렇게 하지 못하였으므로 이것이 나의 바람이었다. 동아는 약 10년 동안 많은 대학에 강사로 출강하였다. 여자의 인생이란 결혼하여 자식을 낳고 시부모를 모시고 대학의 경쟁 속에서 진출하기 위한 석·박사 학위 취득과 더불어 연구 활동을 계속해야하는 고달픈 삶이다. 시간뿐만 아니라 경제적으로 적극적인 후원 없이는 가능한 것이 아니다. 나는 제자들에게 결혼하라고 권하지 않았다. 그래서였는지 내 주위에는 노처녀가 많다. 동아는 대학교수 전형에 7번째에 성공이었다. K대학 1회, H대학 1회, S대학 5회째의 대학교수 전형 때 성공이었다. 대학서류 전형 박스가 실패로 집으로 반송되고 그 초라한 그 박스의 모습을 나는 몇 번이고 확인하였다. 그 실패가 성공으로 달성하기 위하여 연구영역의 부족함을 보충하고 실적을 쌓기 위하여 혼신의 노력을 발휘하도록 나는 격려하였다. 연구발표, 그리고 면접에 이르기까지 준비를 철저하게 하여 밤새워 연습하는 모습을 몇 번이고 확인할 수 있었다.

　돌이켜보면 상명대학교에서 32년간 정년퇴임 이후 15년 기간이 나의 결혼 50주년과 대부분 함께 하였다. 결혼 50주년 하면 '많이 참고 고생하며 살았구나'의 대명사가 아닌가.

　어떤 모임에서 부부의 사랑 이야기를 자랑스럽게 하는 것을 들을 때가 있었다. 예를 들면 언제나 한결같은 사랑으로 다정하게 손잡고 TV를 같이 본다고 그리고 즐겁다고 하였다. 그러나 그이야기가 진정 솔직한 이야기인가 묻고 싶다. 경상도 사나이는 못나도 잘난 척하고 없어도 있는 척 자존심이 강하고 솔직하게 사랑한다고 고백도 못하고 좋아한다고 표현하지도 못하는 사나이다. 자녀들을 위하여 인내하고 50주년을 맞이하는 것이 나뿐이겠는가?

　퇴직 이후 상명에서 벗어나 또 다른 세계가 펼쳐지는 것처럼 생각하였지만 결국 상명의 울타리에서 제자들과 공존하게 된다. 제자의 성공이 나의 보람이기에 그렇다. 이제 결혼 50주년을 맞아 오늘이 있기까지 우리 가족 남편, 아들, 딸과 형제들, 그리고 건강하게 태어나게 하여준 아버지, 어머니께 감사한다. 특히 나의 생명보다 더 소중하게 여기고 있는 동일, 동아의 건강과 행복을 기원한다. 앞으로 행운이 하나님과 함께하기를 두 손 모아 기도한다.

나의 어머니 1

무대 위
에어로빅스 춤을 추는 한 여인에게
한줄기 붉은 빛 비추이는
객석을 가득 메운 사람들에게는
스승님이지만
내게는 한 분 뿐이신 어머니

불꽃같은 끼
넘치는 재능
불굴의 의지
꿋꿋한 지조
뜨거운 모성

반달 눈썹에 숨겨진 지혜
가락지 낀 손가락 사이
여성으로서의 꿈 움켜쥔 채
하루하루 마라톤과 같은
불사불멸의 집념과 열정으로
한국 체육계를 개척하신
때로 아베마리아를 즐겨 들으시던 여인

무대 위
에어로빅스 춤을 추는
한줄기 붉은 빛
영예의 금관을 쓴
영원한 불꽃 어머니!
길이 빛나소서

나의 어머니 2

이십년 전
처음 만난 어머니
높은 품격의 멋진 자태

예쁘지 않은 내 이름을
정겹게 불러주시고
생일이면 그랜드힐튼 호텔의
케이크 아침 일찍 보내주시던 정성

내 두 번째 딸을 낳았을 때
'여자가 여자를 안 좋아하면 어떻게 되겠니?'
위로해 주시고
언제나 며느리의 허물
소리없이 감춰주신 사랑

지난 해 남편이 병원에 입원했을 때
가족 모두의 절망 다독이시며
희망찬 믿음으로
용기를 북돋아주시던
자애로운 어머니

다가올 여름
어머님 댁의 정원 가득 메울
유월의 빨간장미
어머님의 품처럼
그윽한 향기 피어나겠지요

아들 가족사진 (왼쪽부터 며느리 김상아,
손녀 서주, 서연, 아들 김동일)

존경하는 아버지,
사랑하는 어머니께

아버지! 아버지와 헤어진 지도 벌써 17년이 지났습니다. 유난히 하늘이 높게 느껴졌던 가을 어느 날, 아버지를 국화꽃으로 덮어드리고 애절하게 눈물을 흘렸더랍니다.

어머니! 11년 전 우리에게 작별을 고하며 아버지를 따라가셨지요. 어머니께서 떠나셨던 그 해 겨울은 유난히 추웠더랍니다. 부모님 모두 떠나시고 저희의 텅 빈 마음을 위로라도 해주려는 듯 어머니의 품처럼 따뜻한 함박눈이 내렸습니다.

10여 년이 흐른 지금도 아버지, 어머니가 몹시도 그립습니다. '영숙아~' 하고 정답게 부르시던 그 목소리가 아직도 귓가에 맴도는 것 같습니다. 나이가 들수록 아버지, 어머니께서 남겨주신 여러 말씀들이 가슴 속에 남아, 때때로 가까이 계시는 것처럼 느껴지기도 한답니다. 그럴 때면 아버지, 어머니가 사무치게 그립습니다.

아버지께선 월남하실 때 고향집에서 아껴 쓰던 싱가 재봉틀을 머리만 떼어 맏아들 등에 지게하고 그 험한 38선을 넘으셨지요. 저는 어머니를 따라 38선을 넘기 위해 고기잡이배를 탔습니다. 지금 생각해보니, 고기잡이배를 탄 것은 어머니의 현명한 선택이었습니다. 고기잡이배를 타고 백령도를 향했던 드라마틱한 상황은 어디에서도 겪을 수 없을 것입니다. 그때 어머니의 지혜와 용단이 없었다면 저는 아마도 지금의 삶을 영위할 수 없었겠지요.

우리 가족이 피난 시절을 보낸 기억도 아직 생생합니다. 그 당시 어머니께선 아버지가 챙겨온 그 재봉틀로 삯바느질을 하여, 우리 가족이 생계를 이어갈 수 있었지요. 어린 자녀들을 데리고 자유를 찾아 죽음을 무릅쓴 월남행은 지금 생각해도 아찔합니다. 그 위험한 길을 아무 거리낌 없이 달려오신 부모님의 헌신에 감사드립니다.

명절만 되면 어머니의 손맛이 특히나 그립습니다. 어머니께서 명절 때마다 만들어주신

우리 집 명물, 빈대떡. 온 가족이 모여 앉아 어머니의 빈대떡을 먹었던 그 시절을 떠올리면 아직도 눈물이 앞을 가립니다. 저는 흉내도 못 내는 어머니의 빈대떡을 아버지와 함께 다시 먹을 수 있는 날이 올지요.

가을이면 정원에 있는 감나무에 빨간 감이 달렸지요. 씨 없는 달콤한 감이었던 것으로 기억합니다. 우리 가족의 희로애락을 함께한 방배동 감나무 집에서의 추억은 아버지, 어머니를 만나러 갈 때까지 잊을 수 없을 것 같습니다. 그때 우리 가족이 얼마나 행복하였는지, 그리고 우리 인생에서 얼마나 소중한 시절이었는지 이제야 깨우침이 억울하기까지 하답니다. 그런데 이제는 그 흔적도 찾을 수 없으니 허무하고 허전합니다.

우리 5형제의 허물은 소리 없이 감싸주고, 좋은 일이 있으면 누구보다 기뻐하며 자랑하셨던 어머니. 잘못된 일은 용서 없이 꾸짖고 올바른 일에는 아낌없이 지원하여준 아버지. 두 분의 성품을 저는 자랑으로 여기고 있습니다. 그리고 닮고 싶습니다.

아버지, 어머니! 두 분과 함께했던 때와 지금의 세상은 너무도 많이 변했습니다. 그동안 세월이 많이 흐르기도 했지만 변화의 속도는 시간의 흐름보다 몇 곱절은 빠르게 지나는 것 같습니다. 이제 저도 벌써 80 고개를 넘었습니다. 아버지, 어머니와의 추억을 기록으로 남기는 것이 이제 제게 주어진 마지막 일처럼 느껴집니다.

저의 부족한 글로 부모님의 사랑을 옮기는 것은 참으로 어려운 일이지만, 이렇게라도 오늘날 저를 있게 하여준 은혜에 보답하고 싶습니다. 그동안 부모님과 함께한 흔적과 교훈을 남기고자 한 것이 제가 펜을 들게 된 첫 번째 이유이기도 합니다.

1967년 맏아들이 미국에서 아버지, 어머니를 초청했던 일을 기억하시나요. 아들, 며느리, 손자들을 반갑게 만난 자리에서 아버지는 며느리를 크게 꾸짖으셨지요. 자식들에게 한국어를 열심히 가르치지 않았다는 이유였습니다. 그 당시엔 아들 내외가 서운할 수도 있었겠지만, 미래를 생각했을 때 한국어를 잘 가르치는 것이 올바른 판단이었다는 것을 지금은 알고 있을 것입니다.

미국 여행에서 재미있는 일도 있었지요. 한겨울 눈 때문에 하룻밤 묵었던 호텔에 병풍을 놓고 온 적이 있으셨습니다. 그때 어머니께서는 영어로 병풍을 '코리아 커튼'이라고 하셨더랍니다. 어찌되었든 버스가 다시 호텔로 돌아가 어머니께서는 병풍을 찾을 수 있었지요. 그때 어머니의 임기응변은 귀국 후에 자식들에게 재미난 이야깃거리가 되어 온 가족이 웃을 수 있었습니다.

가톨릭 신자였던 어머니 덕분에 우리 가족의 피난 생활은 남들보다는 덜 고생할 수 있었습니다. 그 믿음은 계속 이어져 1960년대 어머니는 여성가톨릭연합회 초대 회장으로 교황청에서 보내준 전세기 비행기를 타고 다른 신자들과 함께 성지순례를 하셨지요. 그때 어머니께서는 우리 가족들을 위하여 기도를 얼마나 하였을지 상상이 됩니다. 성지순례를 다녀오신 후 루르드 성수의 기적에 대해 이야기해주신 것도 기억이 납니다. 저희 가족은 그때 어머니의 은혜로 지금까지 건강한 삶을 살 수 있었던 것 같습니다. 우리 가족들이 혹여 잘못이 있더라도 너그러이 용서하시고 하늘에서 잘 보살펴주십시오.

"아버지, 어머니 편안하세요! 존경합니다. 그리고 사랑합니다."

2012년 05월
맏딸 이영숙 드림.

김은태 · 이영숙 내외

친정 부모님을 모시고(왼쪽부터 막내 며느리 장승희, 아버지, 어머니, 맏아들 영수, 영숙)

아들(김동일), 딸(김동아)과 함께

아들 가족의 즐거운 시간

아들딸의 어린 시절

두 분 부모님의 담소

맺는말

지나온 삶을 회상하며 글로 정리한다는 건 나에게는 무척 힘겨운 작업이다. 그러나 이것이 나의 숙명적인 과제이기에 최선을 다할 뿐이다. 지금은 한 시대를 정리할 여정의 길목이기에 이 일을 서두르게 되었다. 때로는 길이 끝난 듯한 지점에서 또 새로운 길을 여는 지혜와 의지가 우리들에게는 필요하기 때문이다.

내가 지금 씨름하고 있는 이 집필을 위해 나의 테이블 위와 주위에는 많은 자료들이 쌓여 있다. 그동안 내가 걸어온 피와 땀의 흔적들이다. 1960년에 접어들면서부터 어렵게 구하여 볼 수 있었던, 손 떼 묻은 소중한 서적들로부터 미국에서 가져온 엄청난 분량의 자료들, 책뿐만 아니라 레코드판, 릴 테이프, 카세트 테이프, 슬라이드, 비디오 테이프, CD 등은 마치 지난 세월의 놀라운 변화를 설명해주는 듯하다. 특히 1980년 이후 약 10년 동안 나는 에어로빅스운동에 관한 자료들을 미국에서 수집, 여행용 가방에 가득 넣어 들여왔다.

1975년 미국 체육학회(AAHPERD)가 미국 애틀래틱 시티 컨벤션센터에서 열렸을 때, 처음 외국학회를 본 나는 그 엄청난 규모에 놀라지 않을 수 없었다. 그 넓은 자료 전시장 그리고 각 학술영역별로 발표하는 규모와 시설을 보고 나는 얼마나 흥분되어 가슴이 뛰었는지 모른다. 해외여행이 어려웠던 시절인 만큼 내가 본 그 자료들은 나를 들뜨게 만들기에 충분했다.

그때 전시된 자료들은 누구나 가져갈 수 있었으므로 나는 필요한 모든 자료들을 몇 차례에 걸쳐 보따리로 호텔에 옮겨놓았던 기억이 난다. 그 때 어떤 미국교수가 나에게 묻기를 몇 년 동안 강의할 교재를 수집하느냐고 했다. 그리고 뉴욕 맨해튼에 반스노블 서점에서 긴 시간을 서있지 못하고 카페트바닥에 앉아서 책을 보고 또 찾고 구입했던 일들이 떠오른다.

나는 수집벽이 있어서 한 번 모은 것은 좀처럼 버릴 줄 모른다. 그래서 협회창립 때부터 20년 넘은 세월의 자료들이 태산 같다. 그것도 이제는 박스로 쌓여있다. 이제는 내 집이 보관 창고가 되었다. 이 엄청난 자료들과 나의 경험 그리고 프로그램 개발 연구자료, 해외교류 자료 등 나로서는 사진 한 장, 자료 한 개, 서적 한 권 한 페이지가 귀중한 자산이다. 그러나 과연 젊은 세대들에게 이것을 어떻게 전수할 지, 또한 이를 활용하려는 젊은이들의 의욕이 어느 정도일 지 의문이다.

그동안 나는 체육활동을 통하여 인간을 바르게 성장시키려는 지도자로서 학교체육교육 현장에서 뛰었으며 이후 건강한 삶의 즐거움을 추구하는 운동에 앞장서서, 시대적인 변화에 따른 다양한 연구와 대상별 프로그램 개발보급을 행동으로 실천해왔다고 자부한다. 이와 같은 학구적 노력의 배경은 역사적으로 볼 때, 달크로즈의 리듬운동, 표현운동의 보데, 리듬체조의 메도우, 움직임 교육의 라반이었다. 달크로즈는 루소의 자연주의 교육사상에 영향을 받은 것으로, 자연운동을 통한 리듬운동의 체험을 실천 교육함으로써 인간의 잠재능력 개발은 물론, 조화로운 인간을 완성시키려는 신체와 정신의 통합교육이었다. 아울러 리듬운동은 생활의 근본이며 도덕적인 질서인 동시에 인간 활동을 바르게 성장시키는 탁월한 교육임을 깨달았다. 따라서 표현운동의 보데는 루소와 페스타롯치의 교육사상을 이어받아 웨이브 리드믹에서 긴장과 이완을 음악과 함께 표현하는데 역점을 두었으며 메도우는 체조학교를 나온 음악교사로서 여성의 건강과 아름다움, 우아한 리듬체조를 고안, 기구운동인 공, 곤봉, 후프, 줄 등을 세계적으로 보급하여 올림픽 경기종목의 기반을 만든 인물이다.

학교체육 교육의 토대가 된 라반이나, 현대인의 건강을 위한 케네스 쿠퍼와 재키 소렌슨의 에어로빅댄스가 나의 혼을 모두 빼앗았다고 해도 지나침이 없다. 그만큼 리드믹운동의 창의성은 나에게는 중요한 지도 배경이 되었다.

오늘에 이르러 청소년들의 여가 활동에 관하여 여러 가지 논의가 활발한 것은 때늦은 감이 없지 않다. 학교체육 교육은 건강과 체력 향상에 필수적이지만 이에 못지 않게 품성을 바르고 조화롭게 성장시키는 절대과제이기도하다. 이러한 교육의 토대가 튼튼해지고 확고한 정책으로 반영되어야만 대한민국은 건강한 복지국가로 우뚝 설 수 있다고 믿는다.

에어로빅스는 유산소 운동에 그치는 것이 아니고 건강한 삶을 통한 조화로운 세상을 만드는 데 더 큰 목적이 있다. 따라서 에어로빅스운동을 통해 신체와 정신의 건강을 함께 이룬다면 그야말로 일석이조의 사회운동이 될 것이라고 생각한다.

짧지 않은 지난 세월, 그 꿈을 이루기 위해 함께 달려온 에어로빅스 동지 모두에게 거듭 감사드린다.

2012. 5.
북한산 자락, 평창동에서
팔순의 필자 이 영 숙

편집 후기

독일월드컵 축구의 열기가 뜨거웠던 2006년 여름, 나는 우리나라를 대표하는 대학교수들의 에어로빅스 시범단과 함께 덴마크, 독일, 체코를 여행한 적이 있다. 특히 덴마크의 접경도시 하더슬레브에서 열린 세계문화스포츠축제와 프라하에서 4년 만에 열린 '소콜' 국민축제는 강한 인상으로 뇌리에 새겨져 있다. 여기에 참가한 한국에어로빅스운동의 리더 이영숙 교수의 열정적이며 미래지향적인 의지에 감탄한 바 있다. 연륜을 초월하여 춤추듯 기뻐하며 후배와 제자 교수들을 독려하는 그 모습에서 활기찬 미래를 열어가는 개척자의 꿈을 읽을 수 있었다. 더 중요한 사실은 오늘의 에어로빅스운동이 올림픽운동과는 견줄 수 없겠지만 지난날 덴마크체조나 체코 소콜운동을 초월하는 지구촌 문화운동의 가치가 있음을 확인했다는 점이다.

우리가 올림픽 메달에 도취되고 월드컵축구 4강에 목 메이는 것 못지않게 문화복지 선진국들은 생활건강을 위한 '삶의 질'에 몰두하고 있다는 현실이 하나의 충격으로 다가왔던 기억이 남아 있다. 그 이후로 이 운동을 외롭게 이끌어온 이영숙 회장을 다시보고 존경하게 되었다.

한 길을 걸어온 사람은 아름답다. 더구나 커다란 성취의 선물을 남겨놓은 사람은 더 말해 무엇 하랴. 어둠을 밝혀 새 빛을 만들고 새 길을 열어놓은 인간승리는 그 뒤를 따르는 후계자들의 박수갈채를 받아 마땅하다. 이영숙 교수는 대학교수로서 입지전적인 성취를 이룬 대표적인 롤 모델이기 이전에 정년이 훨씬 지난 오늘에 이르기까지 한 우물을 파면서 후진을 키우는 일생일업一生一業의 본보기를 보여주고 있다. 길이 없던 곳에서 길을 만들어가는 비아 돌로레스Via Dolores의 과정, 개척자Pioneer 정신과 다를 것이 없다.

나이는 숫자일 뿐이라 하듯이 인간의 에너지나 활력은 생물학적 나이와 무관하다는 학설을 증명하고 있다. 마지막 순간까지 '창조'를 외쳤던 어떤 예술가와도 같은 혼이 그를 이끌고 있는 것 같기도 하다. 변함없이 한 길을 걷는 사람은 곧 삶의 승리자다. 그 길의 연장에서 황금열매를 거두시기를 기원한다.

이태영 | 대한언론인회 부회장, KOC국제위원

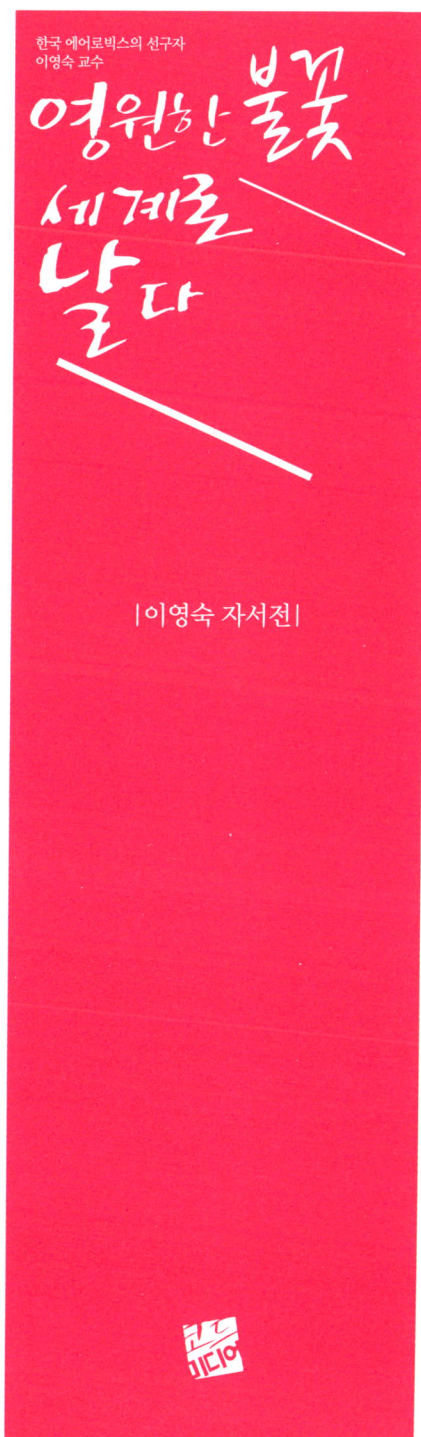

한국 에어로빅스의 선구자
이영숙 교수

영원한 불꽃 세계로 날다

|이영숙 자서전|

초판 발행 2012년 5월 20일

지은이 | 이영숙
펴낸이 | 안창현
기획 진행 | 표수재
디자인 편집 | 장민서
북디자인 | Micky Ahn 장민서

펴낸곳 | 코드미디어
등록 2001년 3월 7일   등록번호 제 25100-2001-5호
주소 | 서울시 은평구 갈현1동 419-19 1층
전화 02-6326-1402   팩스 02-388-1302
전자우편 | codmedia@codmedia.com
홈페이지 | http://www.codmedia.com

ISBN 978-89-94178-42-4 03810

정가 12,000원

영원한 불꽃
세계로
날다